边走边啃腌萝卜

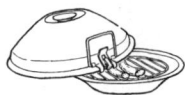

妹尾河童/著

蔡明玲/译

三联书店

盐不只是咸而已（东京都·大岛）⋯⋯137

向厉害的肾脏致敬！（东京都·港区）⋯⋯149

用心腌制的社长萝卜（东京都·成城）⋯⋯171

在下雪的山阴打造『故乡』（鸟取县·佐治村／智头）⋯⋯183

腌萝卜海外篇（墨尔本／达拉斯／巴西／洛杉矶／纽约）⋯⋯227

从山川渍回归原点（鹿儿岛县·山川／滋贺县·比睿山）⋯⋯255

后　记⋯⋯303

关于河童先生和腌萝卜　文／神津十月（作家）⋯⋯304

目录

无法安眠的泽庵和尚（东京都·品川）……… 5

监狱里的25克（北海道·网走）……… 19

腌萝卜、信仰及观光（和歌山县·高野山）……… 33

海上大厨的奋斗（高知县·高知港）……… 45

连鱼都无法生存的清澈之水（宫崎县·土吕久）……… 61

暴雪地带的猎人故乡（岩手县·泽内村）……… 73

不见地炉的熏萝卜（秋田县·角馆）……… 87

突破传统与守护传统（爱知县·名古屋／渥美）……… 101

我家的腌萝卜是日本第一（东京都·练马）……… 113

时代在变，萝卜也在变（东京都·练马）……… 127

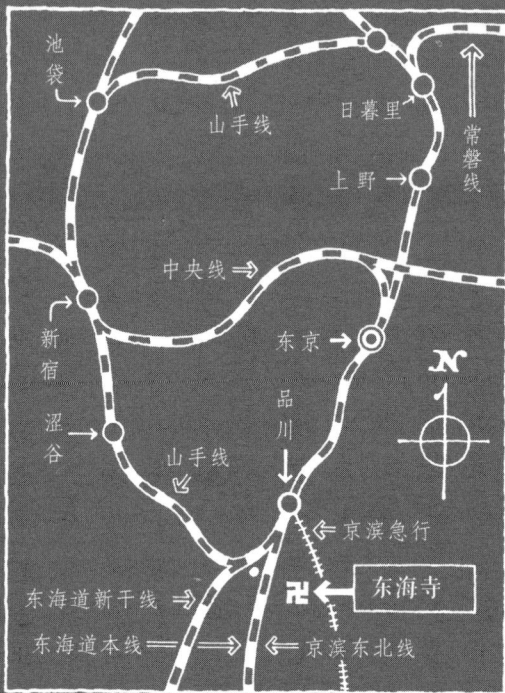

池袋

山手线

日暮里

上野

常磐线

中央线 →

新宿

涩谷

山手线

东京 →

品川

N

←京滨急行

东海道新干线 →

东海寺

东海道本线 ⇒⇒

← 京滨东北线

无法安眠的泽庵和尚

❖

（东京都・品川）

接到《周刊朝日》编辑部 N 先生的电话，说想要和我
碰面。

"您可不可以写些周游日本的东西？构想是河童先生实际
走访当地，用图文将所见所闻写成连载。这个旅行随笔的专栏
叫作《列岛草枕》。①"

突然这么讲，我听了吓一大跳。

"虽然说只是连载，但每周要写一篇吧？"

"嗯，我们是周刊，所以是每周一篇没错。"

"这个不可能啦！加上我的正职又不是采访记者……"

N 先生不厌其烦笑嘻嘻的，不断对我说着相同的事，就这
样劝说了六个月。

与其说是深思熟虑后答应，不如说是我服输了，情非得已
只好说：

① 草枕：旅宿。

"边走边啃腌萝卜，这个题目如何？"

"咦！腌萝卜？您是指酱菜的腌萝卜吗？"

他突然满脸不安，好像在自言自语："这腌萝卜啊，日本全国的腌萝卜都是同样形式……"

虽说主题任我决定，但 N 先生脸上之所以出现为难的神情，应该是认为每次插图都出现切成圆片的腌萝卜，太没变化了。

看到他的反应，我更觉得有趣了，兴致愈发高涨：

"啊，关于这点不用担心啦。我没打算画腌萝卜。首先，我不是腌萝卜专家，对它也没特殊喜好。那为什么想以腌萝卜为主题呢？说到最像理由的理由呢——腌萝卜是日本人饮食生活的原点，而且至今对它还很熟悉。只不过近年来饮食生活也多样化了，腌萝卜的地位大概不像以前那么重要了吧，或者消失了也说不定。如果真是这样，那到底是怎么消失的？如果保留下来了，又是如何留存的呢？……

"或许有人会说，那何不包括日本各地的'酱菜'？但这样一来，种类过于繁多，会难以归纳。因此我决定还是把范围限于'腌萝卜'，也就是说以寻访腌萝卜为名到处走，看看能遇到什么，看见什么。绝对不是'腌萝卜考证学'或'美食探索'之类的高尚主题，纯粹兴趣本位，没什么严肃的想法啦。甚至呢，人不去到当地，也不知道能写出什么……"

满脸担心的 N 先生，突然变成一条活龙：

"好！来做吧来做吧！"

同时也当场定下标题——边走边啃腌萝卜。

"嗯，放轻松点。不过要是连载没几回就结束，那可伤脑筋，至少请努力个八回哟。如果可以的话，尽可能以十回为目标。"

不管对方鼓励我"放轻松"，还是鞭策我"要加油"，我实在都没啥把握。到底能不能每回都顺利交稿，心里有些不安。

采访计划也没个谱，完全不知从何开始。真赶得及每周的截稿日吗？

N先生又说了不负责任的话：

"连作者自己也不知道要去哪里，这还真有趣。以腌萝卜串起主轴，随兴到处走走看看，扯远了也无妨。就这么进行吧。

"至于截稿呢，只要开始了，总有办法解决啦。连载一开始就不能中断，即使是河童先生，只要这样想，应该也能写出来的。不用担心！"

这种好像就是所谓"厉害编辑"。

总之，我陷入非做不可的境地。

首先从有名的"泽庵和尚"①之墓开始。

虽说有名，我却不曾去参拜过。据说位于东京品川区的禅

_____

① "泽庵""腌萝卜"在日文中发音相同。

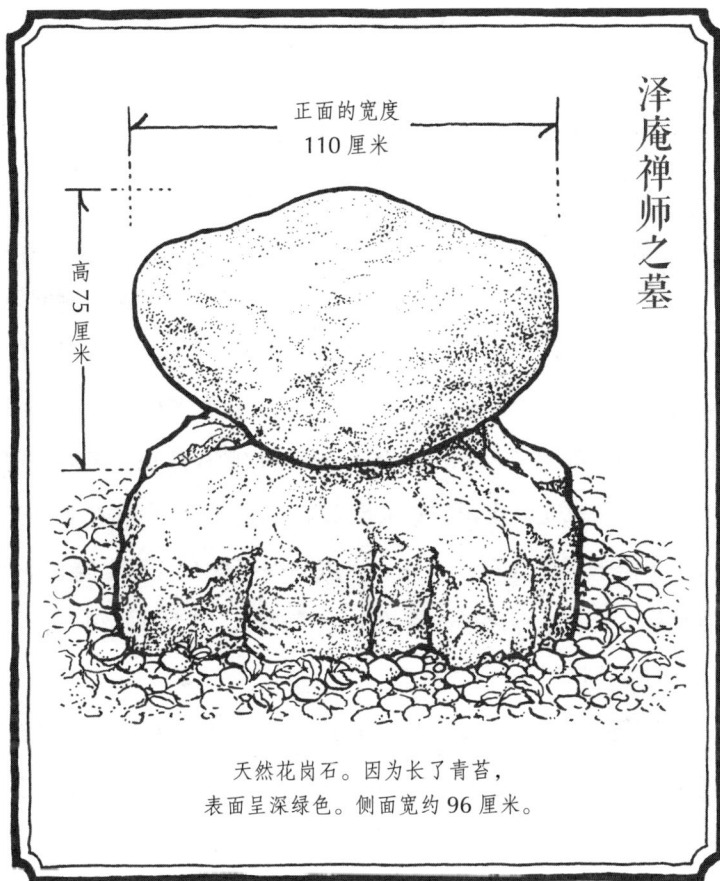

泽庵禅师之墓

正面的宽度
110 厘米

高 75 厘米

天然花岗石。因为长了青苔，
表面呈深绿色。侧面宽约 96 厘米。

寺东海寺……

东海寺位于品川区北品川三丁目。

见到大岳义方住持，我马上向他请教腌萝卜的事情。

"一般都称为'泽庵渍'，但本寺不这么称呼，因为直呼禅师名讳是很不敬的，我们叫它'百本'。是的，从前就这么称呼的呢。我也是到这里才晓得，据说'百本'的由来是白萝卜晒干、放进木桶腌制时，都以一百根为单位。"

"'泽庵渍'这名字怎么来的？"

"一开始好像只是没有名字的酱菜。

"泽庵禅师曾是大德寺的住持，据说他因为抗议幕府的施政，被流放到出羽国（山形县）的上山地区。那是宽永六年的事情，也就是 1629 年。在流放地，农家人教他用米糠和盐腌制可长期储藏的腌萝卜。四年后，泽庵禅师被赦免，随后被德川三代将军家光公重用，宽永十六年（1639）受命到东海寺开山，于是来到此地兴筑寺院。泽庵禅师好像在这里也腌萝卜。当时除了盐和米糠之外，据称也掺了砂粒。因为直到现今，寺里有的酱菜仍混了砂……

"话说有一天，家光公来到东海寺，当时泽庵禅师将腌萝卜呈给将军，将军吃了非常感动：'真是美味！这叫什么？''什么？没名字？那就叫"泽庵渍"吧！'……"

"那么，命名者是三代将军家光了？"

"据说如此。"

"有没有留下文献记录？"

"没有呢。只是寺里口耳相传的一段典故。"

由家光公亲自赐名，这种说法实在很像常见的命名由来，真有趣。

但另方面，还有别种说法。

"事实上并非如此。原本是'贮渍'（takuwaezuke），后来转为'泽庵渍'（takuanzuke），和泽庵和尚一点关系都没有。"

还有一种说法：

"泽庵禅师的墓石很像酱菜桶上头压的石头，所以才那么称呼。"

无论哪种说法都没有足以佐证的文献资料，无从判别真伪。

但是，从时代上看，腌萝卜的确从泽庵禅师时期才开始有的，不像捏造，时代上很吻合。在那之前的酱菜几乎都用盐腌，并不用米糠。

腌萝卜一定要用米糠。米糠是碾米过程中的副产品，与米的食用方法有很大关系。

据说在江户时期以前，人们大多吃糙米。一方面战火频仍，无法安稳耕作，而且稻米生长期长，产量也不多。

进入战火歇息的江户时代，稻作开始兴盛。加上以水车碾米技术的发达，比糙米更易煮熟、更美味的白米饭也在百姓之间普及了。据说那正是三代将军家光时期，因而米糠进入得以量产的阶段，泽庵渍和那个时代的关联也形成了。

我调查了一下，从营养学角度来看，腌萝卜有什么功效？

糙米含有丰富的维生素 B_1，碾米后只剩四分之一。据说这就是脚气病患者增加的原因，江户时代以前是没有这种病的，

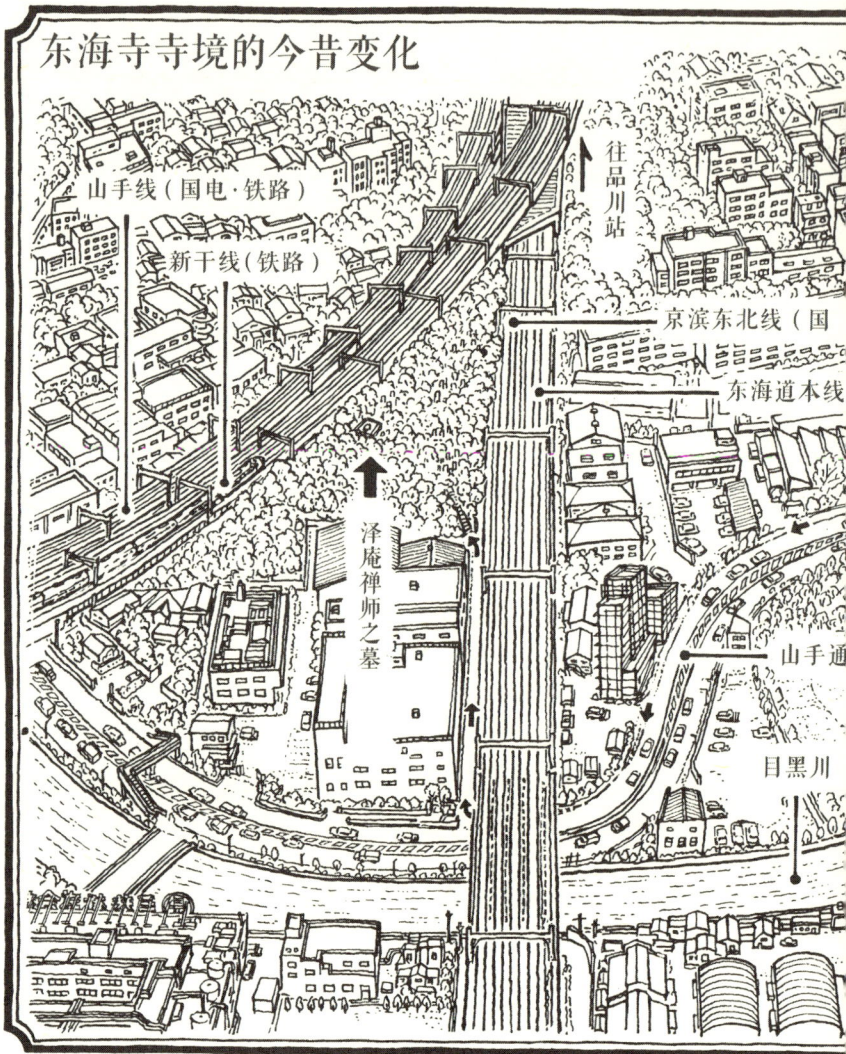

东海寺寺境的今昔变化

山手线（国电·铁路）

新干线（铁路）

往品川站

京滨东北线（国

东海道本线

泽庵禅师之墓

山手通

目黑川

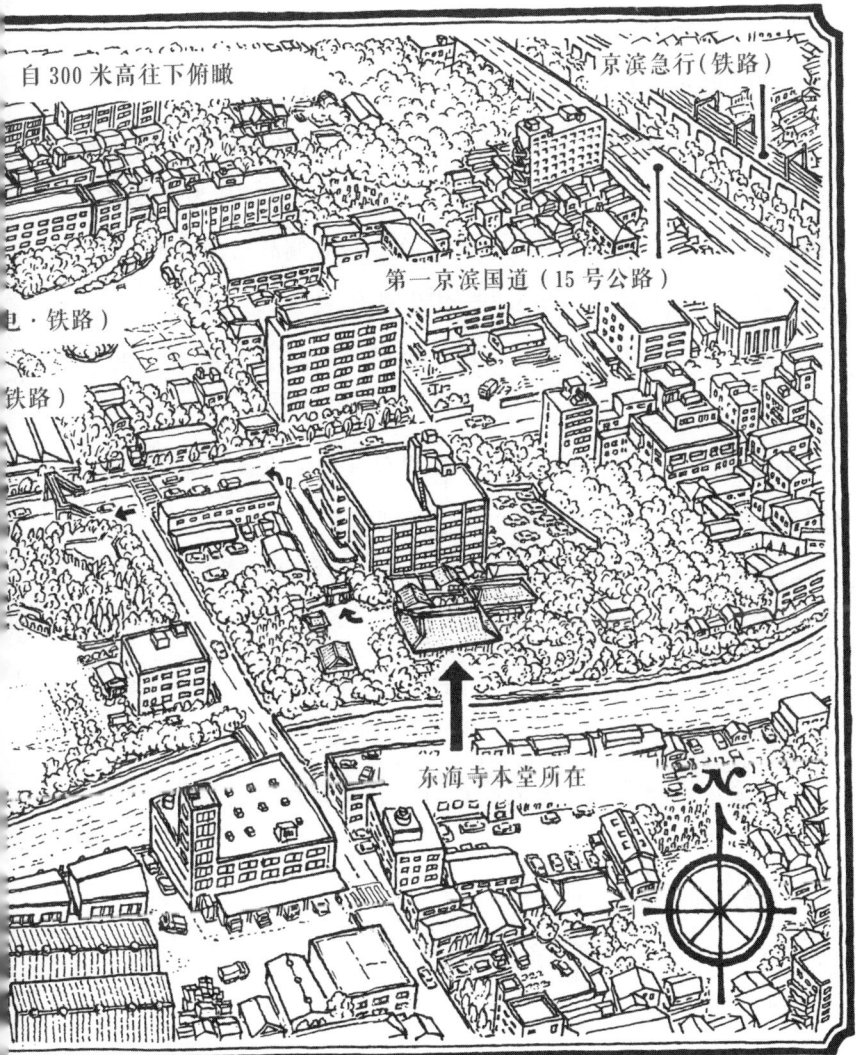

自 300 米高往下俯瞰

京滨急行(铁路)

·电·铁路)

铁路)

第一京滨国道（15 号公路）

东海寺本堂所在

之后只能从腌萝卜多少补充一些。

当时还没有营养分析学，应该称为"生活智慧"吧。

白萝卜原本不含维生素 B_1，米糠中释放出来的维生素 B_1 渗进萝卜里，第三个月维生素 B_1 含量会达最高峰，成为营养均衡的食品。萝卜原本含有的淀粉酶在变成腌制品后消失不见，维生素 C 也跟着减少，却多出了维生素 B_1 及 B_2。

此外，盐有脱水作用，萝卜变轻，就成了方便携带的食物。

海盐会吸收空气中的水分，变得湿湿黏黏的，不利携带；但拿盐腌萝卜，不但能让萝卜得以长期储存，还可当作随身携带的配菜，补充盐分，这两大长处让腌萝卜迅速普及日本，成为深受庶民喜爱的食品。

现在的腌萝卜加了甜味，有的还上了黄色。以前的味道较为简朴。

为了"泽庵渍"而来到东海寺，就是期待能尝到昔日的味道。

"泽庵禅师传授的腌萝卜……"

才一开口，便急忙改称"百本"。

但据说已经不再自制了。

"现在我们都是买市售的产品。"

真是可惜。

"那请让我参拜泽庵和尚之墓吧。"

结果住持说：

"我画地图给你。"

"咦？"

"墓不在这里。出了门，一直往山手通走，穿过东海道本线的高架桥……"

"？"

"家光公下令开山兴建本寺，从前寺境有五万坪，占地非常辽阔。

"而现在，土地都分割出去了。铁道路线以东海道本线为首，京滨东北线、山手线、新干线，以及马路如第一京滨（国道 15 号）及山手通等等，穿过的区域都是以前东海寺境内呢。"

听到这里真是让我愣住了，但还是拿着住持画给的地图，一边实地验证，一边往墓地去。我上了天桥跨越交通繁忙的山手通，再穿过东海道本线高架桥底下，随即看到右侧立着一块板子，有墨迹写着"史迹　泽庵禅……"

这几个字还清晰可辨，但接下来的可能是遭受风吹雨淋，宛如已经渗进木板似的，一片褪白，模糊难辨了。

沿着马路的窄窄坡道，往上朝品川方向走去，走了百来米，出现一道石阶。就在旁边有一方石碑刻着"史迹　泽庵墓"。侧面清楚刻着"昭和三年四月建之东京府"。

石阶正好 20 阶，形成一座小丘。

"泽庵和尚之墓"就在林立的墓石一隅，马上就看到了。矮墙环绕，一扇木门掩着。

"对不起，请让我量个尺寸。"

虽然四周无人，还是出声打个招呼，同时拉开门闩进去。

一块未经雕琢的天然大石头镇坐着。没错，确是泽庵和尚的坟墓。

打开素描本正要描绘墓石，新干线正好疾驶而过，简直要把墓石震落了。行经此地时如果能稍微减速，或许比较好吧……

一会儿是国铁，一会儿是东海道线，列车接连不断行经此地。自从明治五年"汽笛鸣了一声，通过新桥……"①列车开始行驶，禅师的墓一直随着晃动，想必是难以安眠吧。

生前擅长书画、俳句，茶道造诣也深厚的泽庵禅师，于73岁辞世。

"不要为我造墓。"

据说泽庵留下这样的遗言，所以没有立墓碑，不得已只好放上天然的石头。

但是他绝对想不到墓地会变得如此嘈杂。我也常搭新干线或国铁经过此地，但从不知道泽庵禅师之墓就在这里。

要告诉大家墓园所在位置，用俯瞰图来表现是最合适不过

---

① 此段为日本著名铁道歌曲的歌词。

了，于是我坐上了直升机。

总觉得泽庵禅师会语带讽刺地说：

"明白了吧？所谓都市发展，就是这么回事哟。"

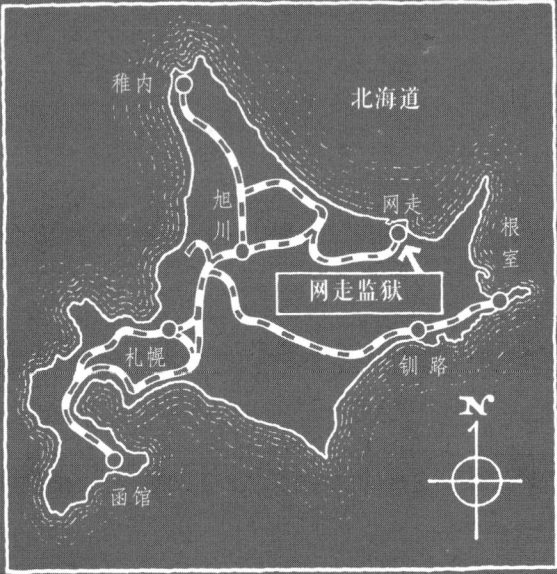

稚内

北海道

旭川

网走

根室

网走监狱

札幌

钏路

函馆

N

监狱里的25克

❖

（北海道·网走）

"牢饭还真是出乎意料地好吃哩。"

随随便便说出这种话，好像容易让人误会……

府中监狱的山田航一典狱长说：

"很好吃吧！因为用的是大锅子。比起一般小家庭的饭菜好吃多了。"

每日伙食费平均 200 圆，当然做不出什么丰盛大餐，但是味道比想象中的好多了。除了制式不变的早餐外，中餐晚餐的菜色可是颇下工夫。

全日本共有 74 间监狱，特色各异，规定也不尽相同。虽说是监狱，却不能一概而论。但是所有监狱的共同点，同时也是最注重的，就是伙食。

三重监狱的山田甲子雄典狱长也说：

"从前就有这样的说法，'因食物而生的怨恨之心是很可怕的'。这是真的。尤其监狱里，一定要用心重点首推伙食。口味、温度等等都得相当留意。例如到了冬天要多煮些热食……

网走主狱的早餐

腌萝卜（25克）

（注：农场里是将数人份的菜盛在一个盘子里。）

餐具是白色塑料制品

海带卷（每天变换）

茶水

豆腐味噌汤（量多美味）

米 65%、麦 35% 的混合饭。分配量依工作性质，分为 1 等食 544 克~5 等食 386 克。

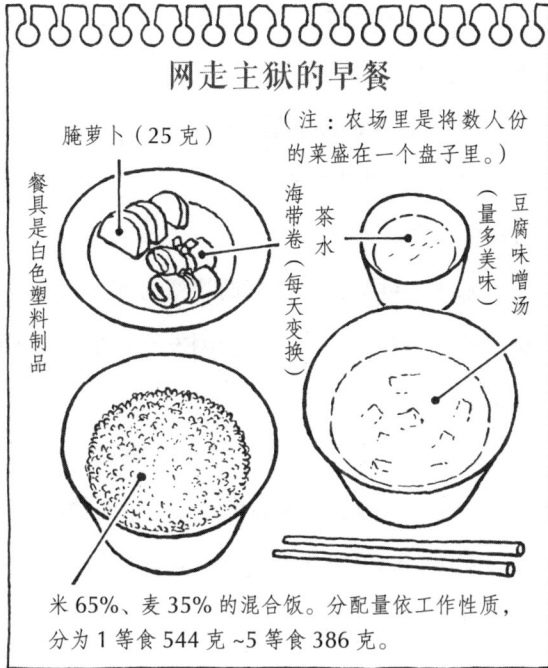

此外，分量也要斟酌。连一块腌萝卜也马虎不得。'那家伙的那一块比我的大'，就算这种小事也可能引发无法收拾的后果。"

事实上，我就亲眼看见，员工在供餐前以严格的眼光一一检查餐盘上的食物，用筷子拨来拨去，最后夹起一块竹轮放到别的盘子上。

一问之下，连每个人能吃到的腌萝卜分量都是固定的。虽然各监狱有些差异，基本上一人份约二十五克。

也就是说……我突然有些不安。

先前去网走监狱采访时，虽说事先不知情，我一口气吃了三人份的腌萝卜。现在觉得有点内疚。

"如果合您胃口，就请再多吃一些。"

一被盛情劝说，我当然就……

那里的腌萝卜真是美味。

或许正逢流冰冰封鄂霍次克海的严寒时期，那腌萝卜嚼起来特别清脆。仔细一看，小片冰晶闪闪发亮，很像雪国吃的混着冰屑的野泽菜。

当时是听到"明治四十五年兴建的木造监狱即将拆除"，为了留下记录，我飞快跑去，采访重点是明治时期的建筑。

在三天的采访期间里，我和服刑人吃同样的食物，就是那次吃到"混着冰屑的腌萝卜"。这个"边走边啃腌萝卜"的企划开始时，几乎全无头绪，但第一个浮现脑海的便是那次吃到的腌萝卜。

"什么？这次只采访腌萝卜？"

话筒那一头传来惊讶的声音……

不过井原正一典狱长还是爽快答应，我便再次前往睽违一年的网走监狱。

主狱的半月形门因高仓健的电影《网走番外地》①而广为人知，供六百五十多位服刑人食用的 9000 公斤萝卜腌在水泥槽

---

① 《网走番外地》：知名的系列电影，高仓健饰演与继父不睦而离家出走的率性青年，误入歧途且遭人陷害，在网走监狱服刑期间，因挂念母亲而越狱。

里。以一根一公斤来估算，约有九千根。

网走监狱不只主狱，还有看守人员及犯人共住、作业的农场，名为"二见冈""凿开"。每个地方各自腌制酱菜，味道也不一样。我觉得"好吃"的腌萝卜是二见冈的。

"二见冈和主狱不同，仍用从前的木桶腌制，也许因此特别好吃吧。而且高桥股长很用心，搞不好比酱菜店还讲究呢。"

一听到这里，我这个急性子马上就想去参观。先前见过高桥先生，但不知道他是腌萝卜名人，没能请教他的独门功夫……

二见冈农场离主狱约七公里，陪同前往的是地代康一看守长，上回也承他帮忙。车行途中在左手边可以看见网走湖。

北海道的秋天像是进入冬季前的短短前奏曲，和上次来的时候完全不同。无雪的景色看起来和其他地方没有两样。

从车里望去的山林、原野、耕地，全属于网走监狱的范围。

"好大一片！"

据说有1739.6万平方米，和我住的东京都新宿区面积相仿。

一年前造访二见冈农场时，正好遇到暴风雪，眼前一片白茫茫，完全搞不清楚地形如何、距离多远。

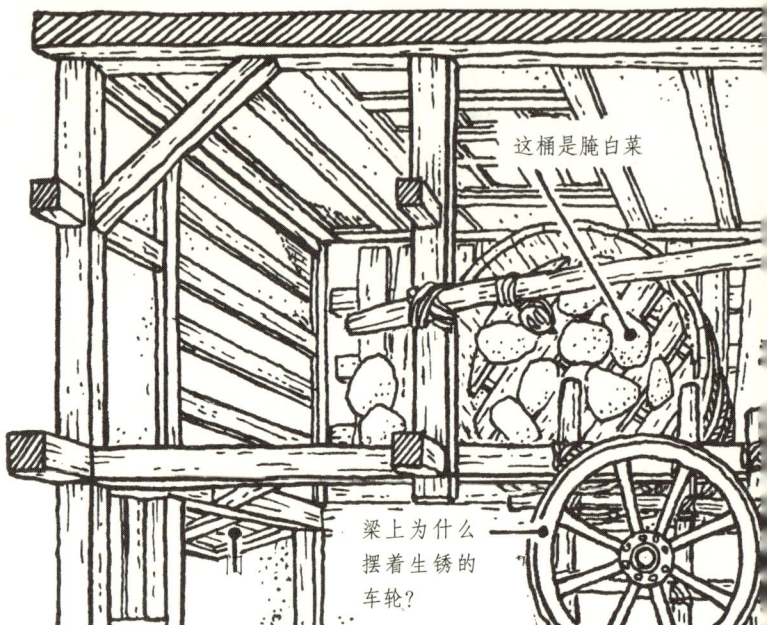

这桶是腌白菜

梁上为什么摆着生锈的车轮?

腌萝卜的木桶

直径 166 厘米, 高 168 厘米。

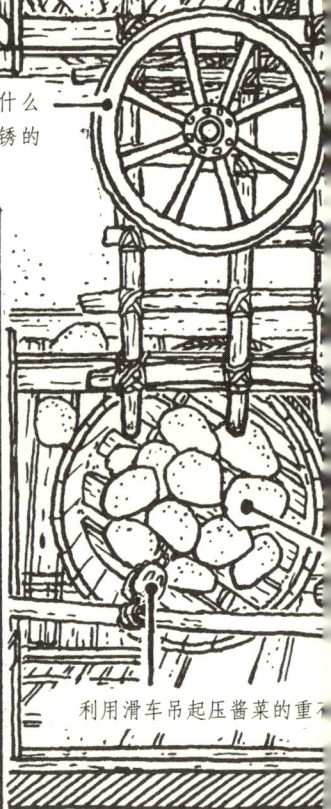

利用滑车吊起压酱菜的重

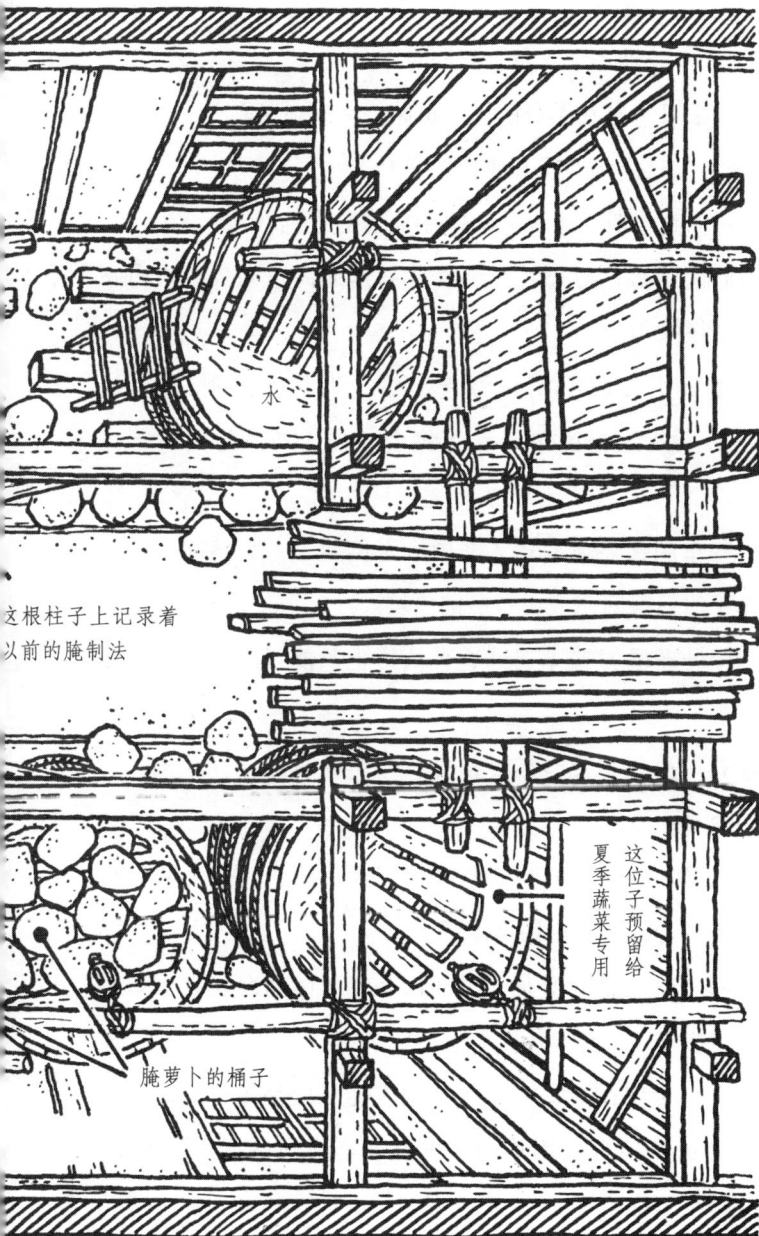

水

这根柱子上记录着
以前的腌制法

这位子预留给
夏季蔬菜专用

腌萝卜的桶子

"上次车子动不了，就在这附近喔。"

看起来只是平凡无奇的林间道路。

"咦？是这里吗？实在难以置信！"

一边回想当时情景，一边眺望周遭的景色。

当时的雪势十分恐怖。那次才知道北海道的暴风雪可不是普通的风吹雪。

从主狱出发时明明只飘着小雪，不久突然刮起强风。出发前听天气预报说午后雪势将会增强，却没想到来得这么快。

吉普车的顶篷宛如遭人痛殴，东倒西歪，突然间一阵巨响，车子前后瞬间积成山一般的雪堆。

四轮转动的吉普车遇到这种情形也只能投降，车轮只是空转着。

推开门出到车外，想要铲雪，白色的风却使劲吹来，雪山愈积愈高。

"噗、噗、噗"，马达轻喘几声，最后陷入一片死寂。打开引擎盖一看，引擎周围结冰了。

连同气候的急剧变化，眼前出乎意料的状况全在极短的时间内发生了。

整部车子困在大雪中，放眼望去能见度是零，白茫茫一片，连开关车门都很困难。车内温度剧降到零下6摄氏度，且还在持续下降中。

看守长判断已经无法凭一己之力脱离困境，就交代司机：

"绝对不要让河童先生到外面去。在车里头等我。"

说完便前往农场求助，身影消失在雪中。

过了大约一个半小时，我们才获救。那次幸好有熟悉地形和雪势的看守长同行。

后来得知，当天札幌市内有两人冻毙，其中一人是在车里……连市区都如此，可见我们当时的处境有多危险。

听见雪中传来的引擎声，接着看到卡车时，心想"得救了！"远远跟在卡车后面的是看守长和一位在农场值勤的看守员，两人身陷深及腰际的雪堆，游泳似的跟跄走来。卡车驾驶不是农场员工，而是服刑人，且无其他人跟随监管，这情形真令我吃惊。

"如果想逃，在这种情形下应该逃得掉吧。"

我自言自语似的小声说。看守长听到也说：

"是啊。他们在辽阔农地上工作时，有时会走到远处，远到一眼望去人只有豆点大小……我们徒步，他开卡车。真想逃应该逃得掉吧。如果真出现这种情况可就麻烦了，但我们期待服刑人发挥自律心，信赖他们。这个机构的特色正在于此，也是和其他监狱的不同之处。"

原来，这就是经常听人讨论的"开放式处置机构"。

和《网走番外地》里所演的不同，这里没有半个长期服刑人。

自昭和四十四年（1969）起，网走监狱主要收容被"归类"为"适合野外作业"、刑期未满八年的累犯服刑人。就连砖墙围绕的主狱，每天都有三分之一服刑人到墙外从事各项作业，然后再从中选出部分派到农场，所以才会出现服刑人独自驾驶卡车的情况。

这次没下雪，可以清楚看见起伏的山丘、广阔的农场和山峦。

这里的作业很有北海道的感觉。从山林的采伐、畜牧或挤牛乳，到栽种马铃薯、甜菜、玉米、蔬菜，甚至腌萝卜用的白萝卜，都是由服刑人亲自动手。

农场正门虽然也是铁栅栏，但不像主狱的大门那样威严肃穆。

我想一探究竟的腌萝卜木桶放在服刑人房舍后头的仓库里。这座仓库建于明治二十九年（1896），原本是监房。

一打开门，就发散出一股特有的气味，取而代之照进的光线中浮现五个古老的大木桶。农场的高桥一郎处置股长详细说明了正统的腌制法。

"酱菜还是得用木桶腌。水泥槽会渗出杂沫。

"我们用的是一直到 11 月上旬都能采收的青首萝卜。先用盐大略腌过，比例是 60 公斤的盐兑 3000 公斤的萝卜（约三千根）。古老做法是先晒干萝卜，但现在量实在太多，替代方法是用盐一口气除去水分。两个星期左右会有大量水分溢出木桶。这时试吃下，斟酌正式腌制阶段的盐分。正式腌的时候需要 90 公斤盐，米糠同样也是 90 公斤。"

高桥先生指着柱子上用墨汁写着的数字说道：

"这是以前腌制方法的记录，我来了以后把盐量减了两成，米糠则增加五成。古老的腌萝卜法首重长期储存，所以盐加得很多。就算一般家庭也有所谓的两年渍或三年渍。"据说吃起来比现在的咸得多。

"萝卜腌多久最好吃？"

"在这里是腌后的第三个月。像这样酌量增减盐分，一直腌到 5 月上旬，开始采收夏季蔬菜的时候，恰好吃完。

"整年都吃腌萝卜会腻，有时会改腌小黄瓜或茄子、白菜，或者韩国泡菜，要有变化。蔬菜还是新鲜的好吃。"

"压在泡菜上的大石头也是天然的比水泥的好吗？"

"好像是。跟桶子的情况一样，水泥被盐分侵蚀后会剥落，出现裂缝。天然的石头大小略有不同，但平均在十公斤。每个桶子压上十个，开始拿出酱菜来吃之后，石头的数量便逐渐减少，要说什么秘诀，就这个了。还有就是盖子一定要盖好。

"我们只用白萝卜、盐和米糠，除此之外一概不加。砂糖之类的材料太耗钱，所以不用，但为了做出美味的腌萝卜，就算麻烦也要一步一步照着来。

"我的方法是乡下人的腌法，完全凭直觉，实在不好意思。"

高桥先生很害羞地这么说，但我明白这里的腌萝卜之所以好吃，绝不只是用木桶腌制的缘故。

话说回来，再怎么好吃，也不是想吃多少就能吃多少。毕竟这是"监狱里的腌萝卜"，严酷的事实摆在眼前。

我向法务省矫正局作业课询问全国各地监狱的腌萝卜供应情况。

"九成的监狱是配给服刑人每人一份腌萝卜。"

理由是，"首先是为了避免分配不公，其次则是要让服刑人清楚了解'一人只有一份'的道理。

"讨厌腌萝卜或不想吃的人留着也无妨，但多出来的不能给别人，当然也不准向别人要。即使是一小块腌萝卜，也不许有借贷或赠予，以防止服刑人之间形成权力关系。

"不只腌萝卜，监狱里的食、衣、住都没有自由可言。这些限制自由的做法就是所谓的'执行刑期'。"

听说和以前相比，现在监狱的待遇已经改善很多。但是连"多吃一块腌萝卜"的欲望都不得满足。

因为监狱的腌萝卜，我重新思索自由的意义，突然发现一件事。

一般社会上，就算菜色再贫乏，大伙儿在餐桌上也很自然会彼此让菜或夹别人的菜来吃……"一起分着吃"，"把想吃的东西塞满嘴"。

　　从这种稀松平常的日常琐事里，也能尝到弥足珍贵的"自由的滋味"。

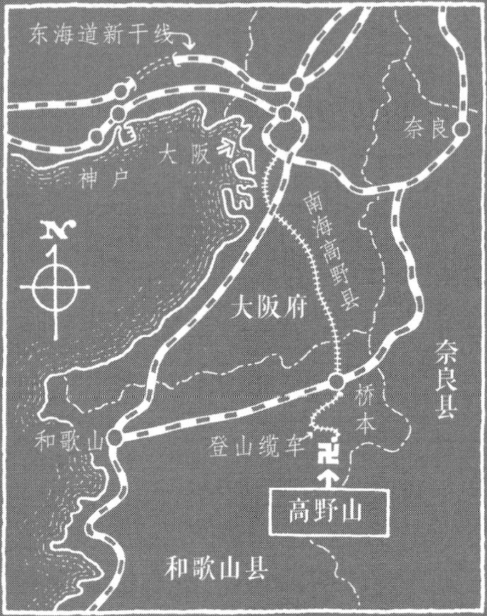

东海道新干线

奈良

神户 大阪

南海高野县

大阪府

奈良县

和歌山

桥本

登山缆车

卍

高野山

和歌山县

腌萝卜、信仰及观光

❖

（和歌山县·高野山）

"高野山好像有七年以上的腌萝卜哟。"

"不会吧！这年头还有？"

"听说是在总本山的金刚峰寺。要不要去？"

"当然当然！"

两三年的已经很少见，更何况是腌了七年的，实在难以置信，但这是《朝日新闻》出版部的摄影师 F 先生告诉我的。他是比睿山小和尚出身，因此这消息的可信度很高。他连住宿都帮忙安排妥当，我立即出发前往。

高野山的开山祖师弘法大师侍奉佛祖，认为修行者应戒奢华，连用餐也制定一汤一菜的戒律。

腌萝卜的出现虽然晚于弘法大师，但"一菜"后来就改用腌萝卜，粗茶淡饭的规定也一直遵守到现在。这么说来，也许真可以在高野山吃到世上稀有的"七年渍"。

为了寻访这"梦幻腌萝卜"，我搭了东海道新干线、南海电铁高野线，还有登山缆车，终于抵达高野山顶。

这时正是寒冷的旅游淡季，从缆车上下来的只有几个参拜者，不见观光客。

搭出租车时，年轻司机一眼就看穿我是个没什么信仰的人。

"您是来采访什么的？"

突然被这么一问，我吃了一惊。

"嗯……我是来采访腌萝卜的……"

"什么，采访 Konko 啊！"

"这里的腌萝卜叫作 Konko 吗？"

"我们从小就这样叫。说腌萝卜也懂。我们不太喜欢 Konko 呢……拿它当配菜，总有种凄凉的感觉哪。"

Konko 给人凄凉的感觉啊，司机这么喃喃自语了好几次。

"腌了七年的 Konko，到底是什么味道？好吃吗？"

"不知道呢，没吃过……"

车子在总本山的门前停了下来。

"要不要等您？"

"还不晓得会花多少时间，不必了。"

我这么回答，司机一副早就料到的神情。

我从旁边的玄关转往厨房的方向。

从前是女宾止步，现在都开放了，但寺里总管厨房或在寺内工作的人还是男性。负责这些工作的人称作"纳所先生"。

金刚峰寺的纳所先生是清水三郎。他是厨房总管。

"嗯……超过七年的腌萝卜？有啊。我找人拿出来。喂，那个谁啊，帮忙把那个最久的腌萝卜拿出来吧。什么？没有？丢掉了？！"

听说去年 10 月整理酱菜瓮时把老东西丢掉了。

纳所先生好像不肯相信似的，亲自跑到摆酱菜瓮的地方确认。我也借了木屐跟着去。果然没了。

"好可惜！以前真的有。味道？是会咸啦，但大概是吃久习惯了吧，并不觉得太咸。也许说不上好吃，味道却很独特。颜色则像麦芽色，偏黑。我想不是刻意腌成七年渍，而是偶然剩下的吧。"

梦幻的七年渍终归是梦幻。

退而求其次，我尝了两年渍。颜色跟老木头一样深，稍微偏咸，但嚼劲、口味都和市面上贩卖的不一样，充满古老的味道。

"您投宿的是赤松院吧？"

不晓得是怎么联络上的，他居然连我投宿的地方都知道，真令我吃惊。

"赤松院的腌萝卜也是自制的，薮本明隆住持对以前的事都很清楚……"

告别了金刚峰寺，走出寺门，刚才的出租车司机还在。

"七年渍没了？真可惜。对了，您有没有参观天皇陛下的浴室？没有？很气派喔。来到这里没去参观天皇浴室，那可不成。听说造价 3000 万哩。"

"3000 万？！"

"用的全是没节眼的高野罗汉松嘛，不上漆。即使在产地这里，大棵的也少见，光是要找齐木材就很费工夫呢。"

从七年渍腌萝卜到天皇浴室，实在是离题太远了，但还是回金刚峰寺去参观那间浴室。穿过一般游客不能通行的往内殿的走廊，打开上锁的门，再前往另一条走廊。

据说昭和五十二年（1977）4 月 18 日天皇巡经高野山，驻跸一夜，这间浴室便是为此兴建。

通过御居室、御寝所，来到了御浴室。

一打开浴室的门，马上飘来一阵木头的芳香。据说高野罗汉松的树脂多，防水性佳，因此最适合做成浴槽或打造船只。但它的生长速度缓慢，加上战后大量采伐，近年越来越少，价格一路扶摇直上。

浴室比想象中的来得小；大概因为四面全是白木和白墙，有点像举行仪式的场所。这可是只为了使用一次而特地打造的昂贵浴室。

但我想造价 3000 万还是有点言过其实吧……

素描时发现有些地方被人摸得很脏。

导览的女职员说：

"那是因为参观者都喜欢伸手去摸啊。"

寺务所说这间浴室一般不对外公开，但从这脏污的程度看起来……

其实，当我走出浴室时，跟一个参观团在走廊上擦身而过。

"那个团体是？"

"特别参观的团体。"

"所谓特别是指？"

我向寺务所询问。他们做了以下说明。

"如果把'特别'想成'特权'就不好了，但全部让公众自由参观，寺院人手会严重不足。就算想开放，也怕有人在国宝级纸门上胡乱涂鸦。但如果分寺的信徒想参观，则可由该寺住持担保，事先提出申请，他们来时就由职员导览参观。"

大厅的窗格上装饰着天皇吃过的料理放大

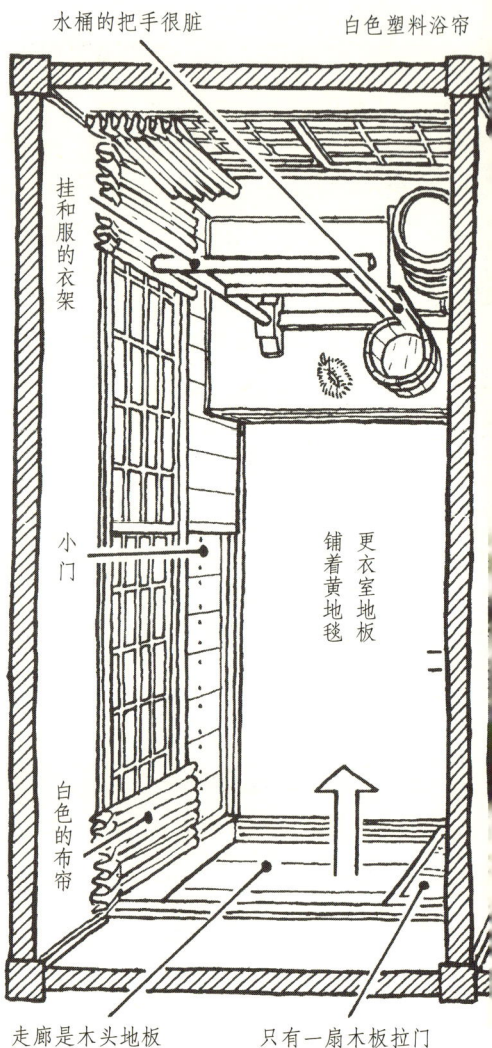

水桶的把手很脏

白色塑料浴帘

挂和服的衣架

小门

更衣室地板铺着黄地毯

白色的布帘

走廊是木头地板

只有一扇木板拉门

花洒　毛玻璃窗户

这附近的手渍特别明显……

天皇的浴室

（高野山·金刚峰寺）

冷热水龙头

石灰白的墙壁

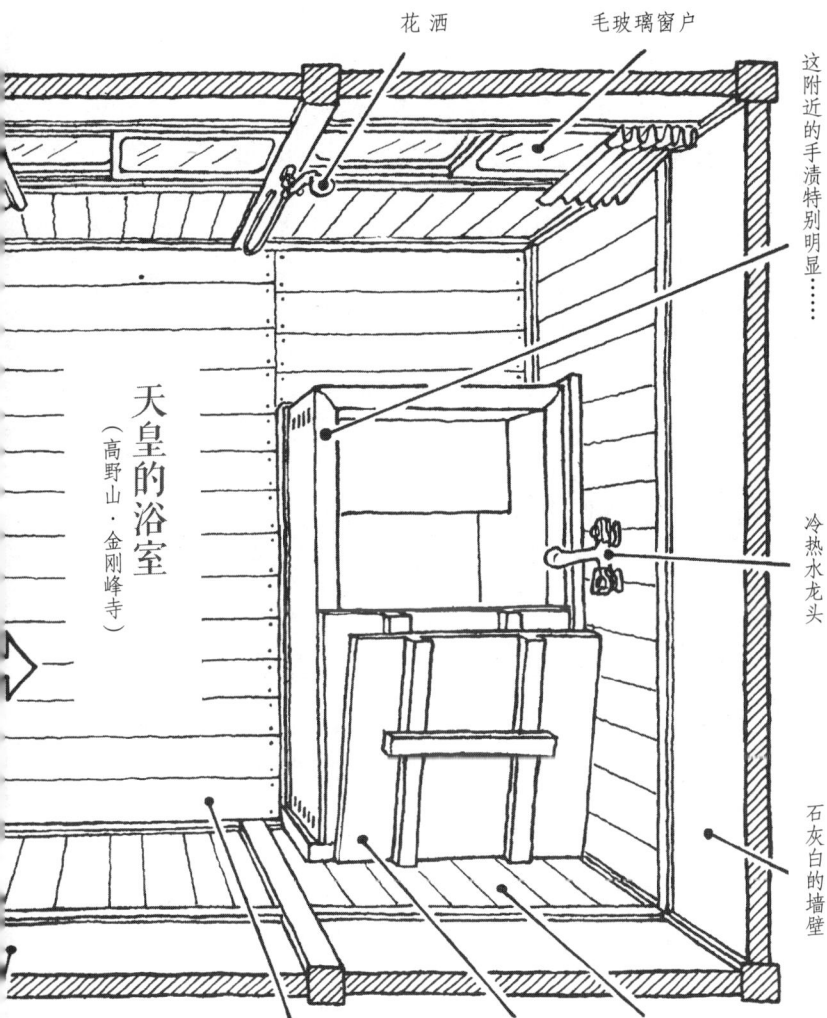

框上方是白色墙壁　　浴槽、墙壁、地板全部采用没上漆的高野罗汉松

图。放酱菜的"香物"盘子里摆着腌萝卜，我问是吃过的还是剩下的？答案是不清楚。

出了金刚峰寺，又东瞧西瞧，在寺境内四处闲逛，抵达赤松院已近日暮时分。

高野山没有半间旅馆，想过夜的人必须在"宿坊"留宿。

据说在江户中期，高野山有两千多间寺院，现在只剩123间，其中的53间是宿坊寺院。以前，来参拜的人先到宿坊服务处报上自己的出生地（旧藩名），然后被领往特定的宿坊。各藩主的菩提寺都有宿坊，参拜者不能随意选择宿处。

住宿费叫"回向料"，金额不是由寺方决定，而是由投宿者随喜奉上。听说发愿周游各地参拜各寺的"遍路"可以免费住宿。

当时的高野山是信徒心目中的灵山。但缆车一开通，任何人都能轻易上来，这座山便开始变化。加上旅行社带进大量与宗教无关的观光客，宿坊已和旅馆没有两样。就连我投宿的赤松院也有电传机，可直接联系大型旅行社。

以前宿坊就只是个过夜的地方，不太讲究，连棉被都不怎么干净。但现在在卫生机关的严格监督下，环境大有改善。晚餐的菜色也一如普通餐厅。

睽违30年，我再次登上高野山，看到这些改变有点无所适从，在附近的咖啡厅沮丧地打着小蜜蜂的电游。仿佛这座山也已经圆寂，无人用心了……

寺院宿坊的晚餐
一晚二餐 5000 圆

依价钱高低，
房间和料理的
品级各有不同。

炸素斋（芋头、牛蒡、茄子、青椒、红萝卜）

山菜淋山药糊、水果

高野豆腐、煮蔬菜

腌萝卜，腌茄子。

胡麻豆腐

芥末味噌

洋菜冻
木耳
小黄瓜豆腐
醋拌莲藕

天妇罗酱汁

醋拌料理（细麦、小黄瓜）

煮豆

白饭和汤

82 岁的薮本明隆大僧正 [①] 说：

"时代变了呀。我们修行那年头，真正是一汤一菜。腌萝卜也只有萝卜梢儿或已经有点发霉的可吃。所以我到现在都还

---

① 大僧正：最高阶的僧官。

讨厌腌萝卜，因为会想起艰苦的年代啊。虽然现在的修行学院也遵守一汤一菜的规定，但如果把腌萝卜当成一道菜，有些年轻的修行者会受不了而立刻下山。宿坊的伙食也是。以前住的都是来参拜的信徒，现在必须更花心思了。厨房也一样，从卫生方面来看，说是不能像以往那样煮食了，必须向旅馆和料理店看齐。口味、分量、要端出几道菜，都跟餐厅不相上下。一味谄媚观光客，这座山会世俗化。观光客会让这座山无法存续下去。真是二律背反啊。"

赤松院共有 63 间房，可容纳 350 人，当天的客人只有 10 位，全是来参拜的信徒，6 点半就聚在本堂做早课。我也规规矩矩跪坐着，听了一卷真言密教的《般若理趣经》。不习惯跪坐的我，听了 36 分钟，双脚发麻，身子冷得直打哆嗦。

早课做完用早餐。味噌汤很好喝，腌萝卜只有一小块。

在高野山，不管怎么称呼，腌萝卜好像都不讨人喜欢。

我拐到以前的宿坊服务处，也就是现在的观光协会，查了宿坊历年来的总投宿人数。昭和五十六年（1981）的还没统计出来，但人数确实呈现逐年递减的趋势。

昭和五十二年　261053 人

昭和五十三年　257197 人

昭和五十四年　256180 人

登山人数有一千一百多万。现在是汽车时代，和以前的电车时代确有不同。从附近县市开车上山，不在宿坊过夜，当天就下山。

昭和五十四年 7 月,"龙神盘山道"① 通车,延伸到白滨,交通日益便利。

山上的人这么说:

"道路建好,越来越方便,这不是坏事,问题是真值得高兴吗?过路客虽然增加,但留宿山上的人反而减少……日益世俗化,高野山本身好像也越来越没落了哪。"

---

① 龙神盘山道:连接和歌山县伊都郡高野町与日高郡龙神村的林间双车道,全长 43 公里。

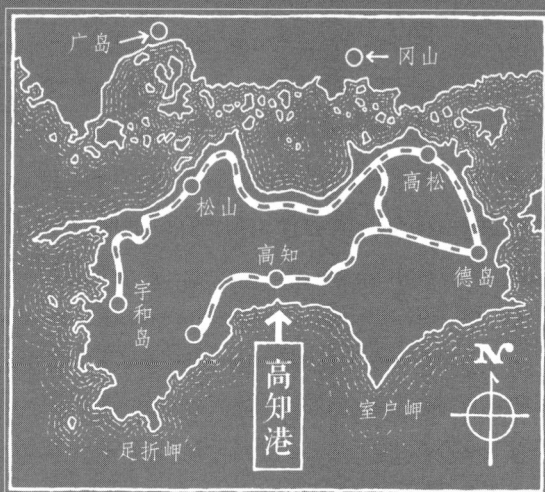

海上大厨的奋斗

❖

（高知县·高知港）

同样是腌萝卜，有令人讨厌和令人着迷的，口味大大不同。

腌萝卜一离开日本，就算味道不那么好，也会被视若重宝。我曾经在旅行途中，顺道拜访住在维也纳和罗马的朋友，记得他们开了腌萝卜罐头给我吃。看那郑重其事的模样，我没说出真正的感受——其实不太像腌萝卜。这已经是十年前的事了……

朋友端出近乎无臭无味的柔软奶酪，兴奋地献宝，"很像豆腐吧！"对说出这种话的朋友而言，罐头腌萝卜已经非常够格了。

如果把腌萝卜和思乡之情一起咀嚼，那就不只是味觉上的滋味吧。

一说到"远离日本……"就会想到追着鲔鱼跑的远洋渔船，一年好几个月都无法回乡。船上应该也准备了大量腌萝卜。

静冈的烧津港和四国的高知港是远洋渔船基地，一问之下，得到的回答是：

"当然啰。每艘船的采购量有多有少，但平均是三百公斤。除了腌萝卜还有腌高丽菜、福神渍①、腌小黄瓜、腌白菜、泡菜，全部加起来，还是腌萝卜最多。"

从高知港出海的渔船，多在非洲的开普敦湾或印度洋捕南鲔②。同样是远洋鲔鱼渔船，出海时间比从烧津港出海的来得长。

烧津港的渔船不专捕南鲔，也捞黄肌鲔、云裳鲔等较便宜的鱼种。从出海到返港，平均一年。

高知港的渔船则大多一年四个月，甚至一年八个月才返港。即使想早一点回来，也必须等到舱里满载鲔鱼才能如愿。

船员们睡在狭窄的舱房，在海上迎接每一天。而且如果一直捕不到鱼，心情会很郁闷，适应力比较差的人甚至会发狂。有些人因神经衰竭被送回家，也有的会跳海自杀。

待在这样的渔船上，"对伙食的期待当然很高"。听到这番话，总觉得和监狱里的生活有些雷同。

究竟渔船生活是什么情况？船上的厨房又是怎样？腌萝卜的味道呢？

看来，不走一趟不行……于是前往高知港。

---

① 福神渍：以白萝卜、茄子、莲藕等七种材料腌制的酱菜，类于七福神而得名。

② 南鲔：又称印度鲔，只栖息于南半球亚热带。

虽说是"南国土佐"①，冬天还是很冷。我好像太托大了。站在岸边海风吹来，我后悔里面没穿上卫生裤。

五天后出海的"21正丸"号是新造的299吨船。它的处女航将驶向开普敦湾。

甲板上的人员正忙着装备渔具，这时候如果有闲杂人等在船上徘徊会造成干扰吧，但他们却爽快答应让我进船内参观。

从甲板的楼梯下来就是餐厅。

看到这个八人就坐满的狭小饭厅，觉得很不可思议，后来才知道21名船员不是同时用餐，而是分成三梯次，所以这个大小正好。

打开餐厅柜门，里面放着全新的录放机和电视。原以为这是新船才有的配备，但听说现在每艘船上都有。船员会自备录像带，之后若遇到同样从日本出港的渔船，还可以拿到家人拍的家庭录像带、拳击转播或红白歌唱大赛等节目。

"在载着冰块出海捕鱼的时代没这种东西……现在出海时间长了，为了让船员不会无聊发慌，这已经是必需品了。同样重要的就属伙食了呢。"

餐厅旁边是亮晶晶的厨房。不但气派宽敞得吓人，好像用起来也很顺手。

---

① 南国土佐：高知县在四国岛南部，昔称"土佐国"。因近亚热带，充满南国情调，1959年电影《离开南国土佐》大红，"南国土佐"的印象深植日本人心中。

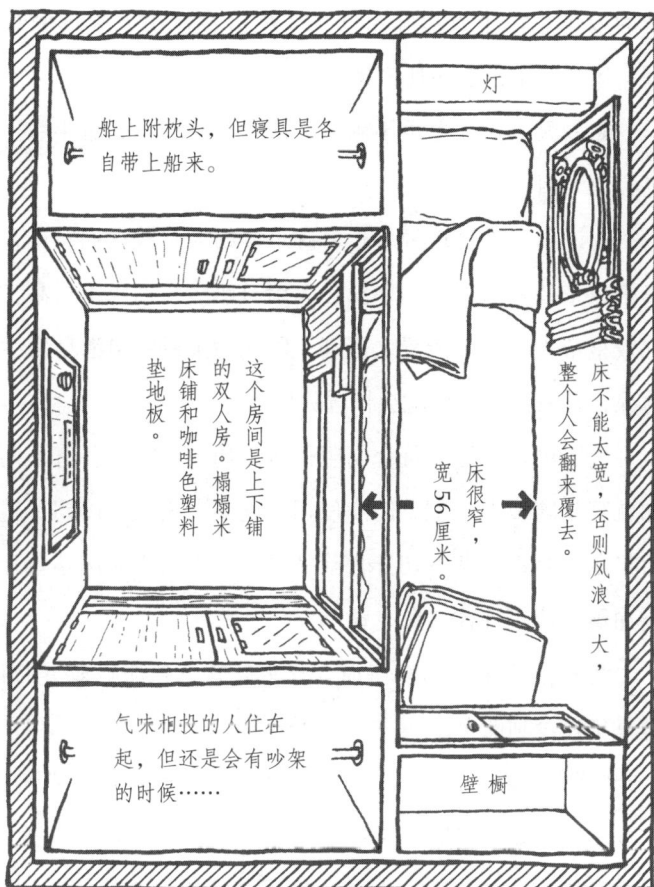

远洋鲔鱼渔船卧铺

（另有单人房及四人房）

船上附枕头，但寝具是各自带上船来。

灯

这个房间是上下铺的双人房。榻榻米床铺和咖啡色塑料垫地板。

床不能太宽，否则风浪一大，整个人会翻来覆去。

床很窄，宽56厘米。

气味相投的人住在一起，但还是会有吵架的时候……

壁橱

　　"厨房比以前大多了。不过也不能太大……虽然头衔是大厨，但下面没有人手，全靠自己一个人呢。"

　　船上清一色是男人，长时间面对面生活在一起，压力难免大，大厨的任务就是努力用心做出好吃的伙食，以达到舒缓情绪的效果。每个人口味不同，要尽可能做出大家都满意的料理，还得在菜色上多加变化。

如果大家对菜色很不满意，甚至不满的人超过半数，就可以罢免大厨。

据说真发生过这种事。口碑不好的大厨被送回日本，再以飞机载来替补人员。途中换掉大厨对船主来说成本很高，但是吃饭皇帝大，绝不能置之不理。因此为了避免出港后发生这种情况，打一开始船主就会慎选大厨。

大厨也是，为了符合期望得多下功夫，方法各有不同。例如就算是腌萝卜，也不能随便切切就端上桌。所以到了航海的后半期，会把腌萝卜切开去除盐分，再在上头撒满柴鱼片，或是加辣椒炒，或者拿来炖煮。

我有个性子急的坏习惯。真想赶紧尝到那腌萝卜的味道，但是货还没到船上。

"我们是跟'本吉'进货的，直接去店里问问吧。"

不只腌萝卜，船上所有蔬菜都是向这间"本吉"进的。

我来到这户人家，门牌上写着"滨口达夫"，但是打理店里大小事的人是老板娘玉枝女士。

她的率直让人一见如故，个性开朗，一笑起来胖胖的身体颤动着。玉枝女士笑着说：

"我很嘴馋，实在伤脑筋。只要一不注意就吃个不停。算了，无所谓啦。如果没有吃的快乐，那很悲哀嘛。我的体重吗？95 公斤。写出来也没关系。事实嘛。年纪 41 岁。

"采购腌萝卜前得先走一趟市场……店里没有哟。"

市场只早上营业，但我没有办法忍到明天早上。"那就走吧！"玉枝女士开着卡车带我去。

空旷旷的市场角落有一堆塑料桶，每桶 30 公斤装，像这样的桶子有 10 个。

从桶子里拿出一条，转开水龙头，水声哗啦哗啦冲一冲。

我是第一次这样直接啃食整条腌萝卜。比想象中来得甜一些，但带点酸味。

"真的耶，有点甜。这样不行。航海时间很长，不找些更好吃的腌萝卜他们就可怜了。换一家厂商吧。"

第二天早晨酱菜都上船了，除了腌萝卜，还有泡菜 60 公斤、腌白菜 60 公斤、腌了一晚的芜菁叶 30 公斤、腌梅 10 公斤、腌荞头 5 公斤。

新鲜蔬菜包括高丽菜 300 公斤、洋葱和马铃薯各 150 公斤、白萝卜 200 根，以及豆芽菜、韭菜等等，蔬果店里会有的种类差不多都装上船了。

先载 21 名船员在三四个月中所需的粮食，之后再到停靠港补给粮食和燃料。

大厨要清楚哪一种食物可长期储存，哪些又得尽早食用，以此作为烹煮原则。

老板滨口达夫和玉枝女士正好相反，是个瘦子。听说以前

远洋鲔鱼渔船多刻意设计成290吨，这是因为驾驶300吨以上的船只所需的执照等级不

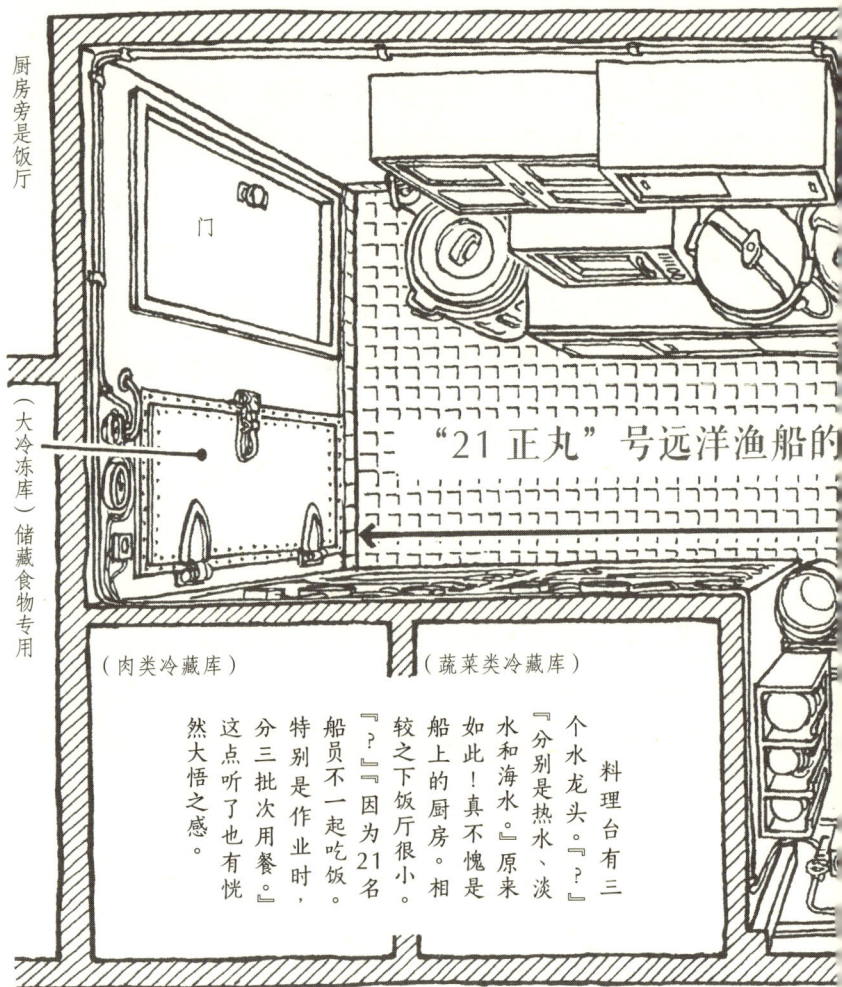

厨房旁是饭厅

门

（大冷冻库）储藏食物专用

"21正丸"号远洋渔船的

（肉类冷藏库）

（蔬菜类冷藏库）

料理台有三个水龙头。『？』『？』『分别是热水、淡水和海水。』原来如此！真不愧是船上的厨房。相较之下饭厅很小。

『？』『因为21名船员不一起吃饭。特别是作业时，分三批次用餐。』这点听了也有恍然大悟之感。

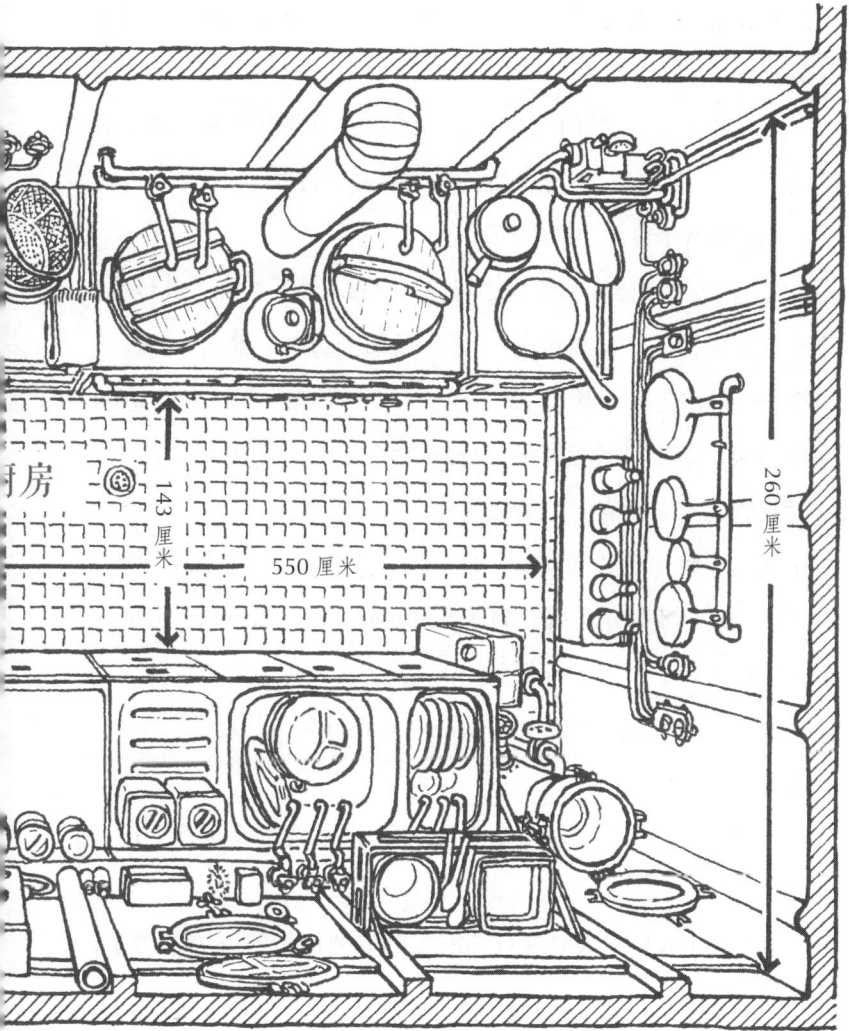

厨房

143 厘米

550 厘米

260 厘米

也上过船，当到大副，也当过往开普敦湾和印度洋的鲔鱼船大厨。最近才没上船。

"原因？出海时间太长了啦。15 年前只要五个月，现在的话，一年四个月很平常，要是运气不好，得要 20 个月，也就是一年零八个月才回得来。"

"渔法是在浮标和浮标之间拉开绳索，然后在绳上装鱼钩，也就是所谓的'延绳钓法'。浮标的间隔约 300 米，一个接一个，全部加起来大概有百来公里长。一条延绳上差不多挂 2700 根鱼钩，如果每条延绳平均可以钓到 18 条，就算不错了。有时只钓到三条，有时半条也没有。经过一年八个月，撒了 318 次网，才将船舱装满。真的是辛苦。以前的捕鱼方法我是熟，但现在已经不管用了哪。到赤道附近捕鱼还勉强可以，但毕竟已经不年轻了，现在都去近海……"

调查后发现，出海捕鱼所花时间，每年平均延长一个月。烧津港也一样。

我看着即将出港的众家船只，发现花四亿打造的新船还真不少呢。

"这可不是因为景气好，而是刚好使用期限都差不多了，旧船必须淘汰。"

一艘船约可装载 250 吨南鲔，越早回港利润越大。另一方面，航海时间拉长，支出也随之增加，运气坏的时候搞不好就亏本了。

事实上，当我采访之际，也遇到破产的船主。

风险这么大，为什么还要造新船出港？因为偶尔也会有九个月就能回港的情况，那就等于中头奖了。捕鱼像是一场场的赌注，捕鲔鱼尤是。

以前是载着冰块出海，必须趁冰融之前完成作业，因此自然有个极限。但是现在都改用冷冻库储存，即使不迅速回港也不会影响鲜度。再者，从冷冻库出现开始，船只也随着增加，滥捕情形严重，加上每艘船一出海就要捕到满舱为止，结果渔获量愈来愈少，经常捕不到鱼，出海时间也跟着延长……就这样恶性循环。

他们让我参观了船上的冷冻库。

因为还没插电，无法体验到零下 60 度的威力……刚捕获的鲔鱼先在这里急速冷冻，隔天再移往零下 45 度到 50 度的储藏鱼舱。冷冻技术左右了质量，也影响价格，捕鱼作业可不是光靠体力的。

在储藏鱼舱里整齐排好的鲔鱼直接运回日本，但还没抵港就以无线电向船主报告详细的渔获量及质量情况。船主根据这些资料，和业者先进行交易，一旦合约签订，马上打电报给渔船，指示驶往哪个港口。靠岸时不一定返回出发地高知，反而会选择靠近东京、大阪等都市的港口停靠。业者在码头旁设有巨大的冷冻库。

现在的超大型冷冻库设备好，再多渔获也能容纳，应该可

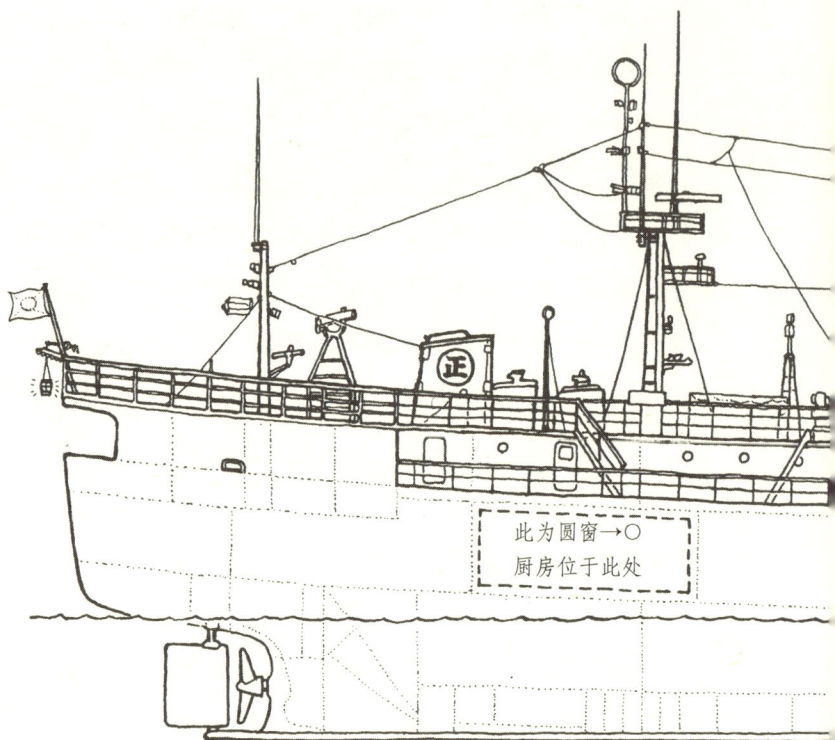

此为圆窗→○
厨房位于此处

以拿来调节供需，进而稳定市场价格。但讽刺的是，应众人期待而发展出来的划时代储藏技术，竟被业者用以囤货、操纵价格。

报上每天都有鲔鱼价格，虽然天天波动，大抵在每公斤7000圆到8000圆之间。在市场竞标的鲔鱼称"maru"，是去鳃切尾直接冷冻的鱼体。一条300公斤的"maru"价格超过200万圆。

MASA MARU NO.21

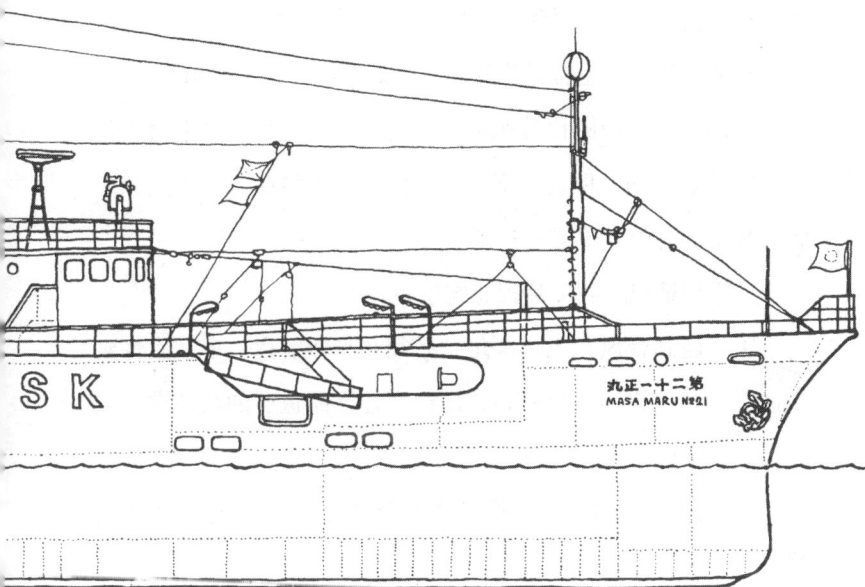

SK

第十二正丸
MASA MARU No.21

听说业者向船主购入的价格与市价差距颇大，其中的运作方式不是我能够说明的。

业者则是这么解释：

"根本没有价格操纵这回事。是因为缺货才造成价格高涨。近来因经济海域 200 海里的问题，捕鱼事业越来越难做，再加上渔获量限制及进货价格上涨等等，令人相当头痛。"

此行原本是追着腌萝卜跑，结果却看到远洋鲔鱼渔业的黯淡未来。

当过渔会会长的人也这么说：

"我不再鼓励年轻人上鲔鱼船。就个人前途来看，还是取得一技之长比较好。虽说一上船就可以先拿一笔钱。"

在港口听到的也都是抱怨景气不好，所以我有些担心。

远洋捕获的南鲔比黄肌鲔、云裳鲔贵上不少，原本就不是大众容易吃到的，但这么下去，一般人以后想在寿司店点鲔鱼腹肉来吃，可能就更难开口了。

一想到这里，我突然很想吃生鱼片。

正好碰到台风，飞机停班，必须在高知留宿一夜，索性到市区吃寿司。果然不出所料，即使在远洋鲔鱼船的基地港，鲔鱼腹肉也不便宜哩。

坐在吧台，端上来的腌萝卜虽然好吃，还是有点酸酸甜甜的。

这里市售的腌萝卜味道又如何呢？于是走一趟超级市场，看到架上排着六种真空包装的腌萝卜，全部买下来带回饭店。

出乎意料，当地产的很少，香川县生产的只有一种。两种来自宫崎县，三种是爱知县。其中爱知县生产的不晓得为什么，厂商都位于渥美。

在房间的洗脸槽冲一冲，用刮胡刀切来吃。令我讶异的是，在高知吃到的腌萝卜，甚至是渥美产的，都有点酸，和我熟知的味道不一样。甚至还有在包装上就写着"梅醋腌萝卜"的。

总之，这地方似乎偏好酸酸的口味。

或者，以风干制法闻名的"渥美腌萝卜"如今也变成这种微酸口味？有空的话，想去调查看看。

大分县
土吕久 →
岩户
熊本县
高千穗
↑
← 延冈
宫崎县
鹿儿岛县
宫崎 →
宫崎机场 ←
樱岛 ←
日向滩
N

连鱼都无法生存
的清澈之水

❖

（宫崎县·土吕久）

“一开始没注意，发现时已经来不及了。”

这句话适用于所有的公害。土吕久矿害可说是这句话的原点。

在《广辞苑》里，土吕久是指“深处、底部、偏远之地”。地如其名，土吕久地处偏远。

从东京到宫崎搭喷气式飞机只要一个半小时，但接下来的交通呢……

虽说在同一县，下了飞机还有 150 公里的路程。来机场接我的车子花了四个半小时才抵达目的地。虽然途中在天之岩户神社停留一会儿，但走山路时车子可是快速奔驰。来到山村太阳已经有些西斜了。

我从东京打电话联络时说：

“请不必大费周章来接我，自己去就行了，不用麻烦。”

“可是很花时间啦。”

当我发现“到底有多麻烦”的时候，还真吓了一跳。如果转乘火车或公交车，一定是太阳下山才到得了。有段山路连公交车也没有，必须自行徒步五公里。

来接我并担任向导的是落合正先生和川原一之先生。他们都住在宫崎市区，但关于"土吕久事件"，这两位是再清楚不过了。

落合先生是"土吕久·松尾等矿害受害者保护协会"的会长，71岁，当了17年小学校长。川原先生原本是报社记者，33岁。在采访土吕久矿害时，有感于媒体报道只是三分钟热度，因而离开报社。此后为了解村民的遭遇，持续造访，最近才将费时四年的采访记录集结成书。

他借着村民口述的形式，写成了《亚砷烧之谷》（岩波出版）。

来这之前我也读了很多资料，对土吕久的事情多少有点了解。但来到这里，村子给我的第一印象却是相当静谧，几乎让人不由得怀疑"悲惨矿害到底在哪里？"这附近是"天孙降临^①之地·高千穗"与"天之岩户"^②等传说的舞台，景致确实带有神秘气息，往山下一望，氤氲的薄雾更透露出俯视尘世的气氛。

土吕久川的浪花飞溅在岩石上，流过村子正中央，清澈的河水美极了。

---

① "天照大神"之孙"琼琼杵尊"奉天照大神之命，从"高天原"降临日向国高千穗。

② 传说天照大神曾躲藏在靠近伊势神宫森林的天之岩户。

"好干净的水啊。能喝吗？"

落合先生摇摇头：

"这条河每年有 320 公斤的砷流过。只要 0.1 克就足以让一个人毙命，意思是这个量足以杀死 300 万人。"

我吃惊极了，不禁反问道：

"现在还是如此？"

"现在还是。这是日本科学家学会的调查结果。"

水看起来相当清澈透明，但竟然连鱼都无法生存其中。毒水是从"大切坑口"废坑遗迹涌出流进河里，据说水源无法堵死。

"那饮用水呢？"

"现在取水口移到了矿坑遗址更上层的位置，以水管供水。"

土吕久的砷中毒矿害事件在昭和四十六年（1971）年底才为人所知。大约是十年前由小学教师齐藤正健举报，接着被全国媒体报道出来。

齐藤老师觉得很奇怪，不晓得为什么，经常因腹痛或感冒请假的学生住处都集中在五公里外的山区。仔细调查那个村落后发现，自大正九年（1920）开始设窑冶炼的亚砷，让土吕久陷入了令人难以置信的悲惨境地。

因为媒体大肆报道，矿山业主以迅雷不及掩耳的速度用推土机把发生问题的亚砷酸矿窑、设备全部夷为平地，完全不留痕迹。

落合先生回想当时的情形说：

"告发之后，我立即来到这里，那座山的山坡简直就像是被火烧过，树木都枯萎了，上面的'废石'也毫无掩饰。"

所谓"废石"是指在开矿炼矿过程中所产生的废弃物，全部未经处理。现在那上面还积了土，连草都长出来了。加上山里种满树木，如果没人指点，连我也不会注意这就是废石山。但如果仔细察看，还是可以找到许多残留的痕迹。

"樋口"那一带异常荒凉，有一间废弃的无人居住的房子。里面既有宽敞的马厩也有仓库，看起来规模很大。一问之下，是齐藤老师太太的娘家。房子后面就紧邻着废石山。虽说废石山表面已经覆盖了土，但一碰到下雨，还是会渗出含砷的水。

"此外，这屋子离冶炼亚砷的矿窑很近，加上粉末飞散，飘进屋里……家里接连有人生病、过世，实在是不能再住人了，只好房子田地全都放弃，到处移居，一次又一次搬家。砷也渗入土里面，因此田地种不出东西来。即使大量移来别处的土壤，也很难起死回生……"

看到环境调查的分析结果，发现砷的含量的确惊人。

旧水田　　　　　　　　5300ppm

屋顶的排水管　　　　　2200ppm

屋顶的灰尘　　　　　　1350ppm

而饮用水的砷含量上限为 0.05ppm。

"是不是该走了？村民都带着腌萝卜来了。"

被这么一催促，才发现自己已经完全忘了腌萝卜。

腌萝卜之所以会与土吕久扯上关系，都是中山千夏小姐的缘故。

"说到腌萝卜，一定要请河童先生吃吃看土吕久腌的。是不是啊，小室先生！"

中山小姐如此对小室等先生说，两人都边说边点头。他们在昭和五十五年（1980）4月，与公害研究专家宇井纯先生所率领的"革自连"一行人来到这座村子。

总觉得他们是借着腌萝卜的名目要我来一趟，意图相当明显。

村民已经都聚集一处相候了。

"受害者协会"的会长树夫先生、初音先生、美纪小姐、户根先生、慎市先生、操小姐、鹤江女士。每一位都不以姓氏称呼，而喊名字，因为百分之八十的村民都姓佐藤。

操先生和鹤江女士夫妇，原本住在樋口附近，已经移居到岩户，这次特别上山来。

"这是这里的腌萝卜……"

直到去年都还只种练马萝卜，但今年增加了青首萝卜。

我依序品尝盘子上各户人家的腌萝卜。

"真好吃！"

这不是客套话，是真的好吃。每一家的腌萝卜吃起来都带

山神庄

在旧矿山的陡急斜坡上，草木杂生之处有座小小神社。现在没人参拜了。

升斗中残留的祭品闪闪发亮。原来那白色结晶物就是亚砷。果然是土吕久地方的山神。

『御神体』[1]是一块石头。

高约 70 厘米。
台座上有小洞，方便当作神轿时扛起。

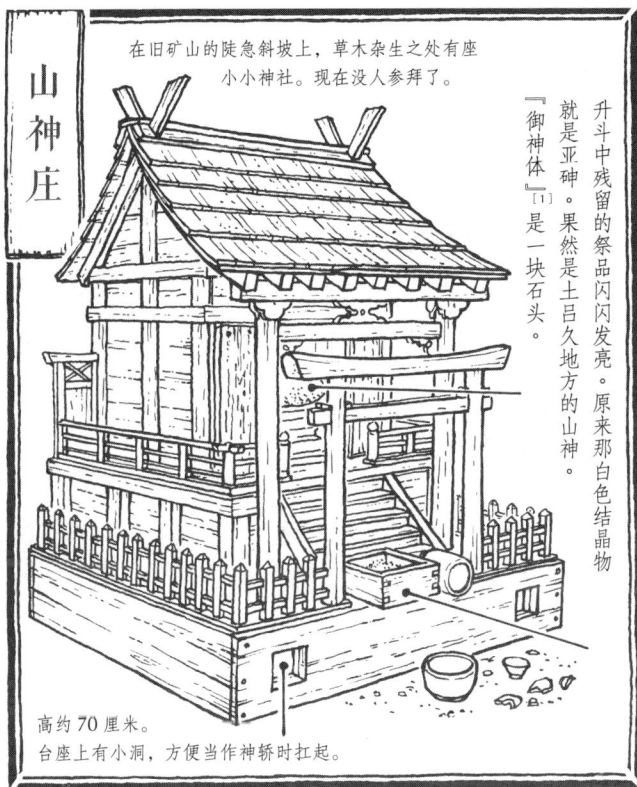

着自然原有的滋味。

"你特意跑到这么远的地方来，就是为了吃腌萝卜？"村民大声笑着说。

"河童是你的本名？在这里，河童叫作 hyosunbo，真的

[1] 御神体：象征神灵的神圣物体，大多是镜、剑、玉石。

有喔！"

"是啊，我小时候听过 hyosunbo 的叫声喔。"

"我也听过'喔噫喔噫'的叫声哩。"

"虽然有人说听到 hyosunbo 叫一定要响应，但我实在是太害怕了。"

"hyosunbo 是河童的古语哩！"

村里的人你一言我一语的，聊得笑开怀。

"谈了腌萝卜、hyosunbo，接着聊聊亚砷矿害吧。"

我想改个话题，却得到这样的回答：

"那些事在川原先生的书里都写得很详细，都是大家亲身经历的事，读了就知道了。"突然要转谈矿害，也许不太容易。

窑上面有个圆洞，矿石可从这倒入。烧的时候，用铁盖子把洞盖上。

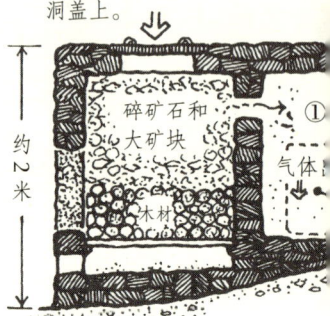

约2米

碎矿石和大矿块

木材

① 气体

亚砷矿窑复原图

放入柴薪和矿石后，用石头和黏土封住，燃烧7至10天。

点火后调节洞口大小

73 岁的实雄先生稍晚才到。在烧酎酒瓶一来一往之间，越聊越起劲，但是川原先生花了四年才知道的事，想在一个晚上就听完是不太可能的。

听说实雄先生少年时曾在最早兴建的亚砷矿窑工作，我想

最初的烟道很短，后来加长了。

烟囱是松板制成的（厚度1厘米）。

③

②

到此纯度降低

烟道

集砷室有三间，第一室是99%高纯度的亚砷。

烟囱上覆盖着茅草堆，以防随烟冒出来。但茅草堆上沾有白色的亚砷结晶，意味着亚砷还是散布到空气中了。

烟道用土覆盖着。

松板盖
2厘米厚

燃烧完毕，工人得钻进洞里收集亚砷粉末，全身上下沾得白白的。

在20°的斜面堆砌石头盖成的

为了提高燃烧效率，会把磨成粉的硫砷铁矿、凝结而成的块矿，连同碎矿，事先风干，放在窑的上层。

『唤醒60年前的记忆而复原的矿窑』。刚开始大家印象都很模糊，但看着画好的部分，一面回想，最后连极小的细节都说得出来，令人惊讶。

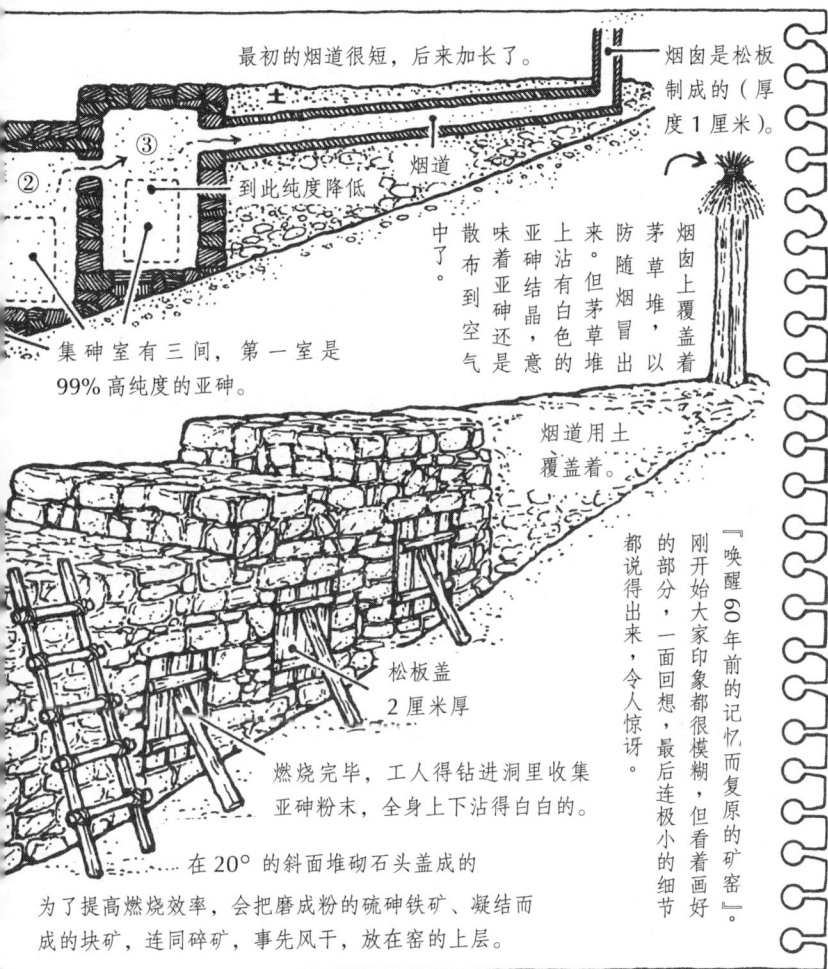

知道原来的矿窑模样，但在座的人都只知道新盖好的窑，没人知道大正九年（1920）的事。川原先生的年轻朋友横井英纪先生，曾试着问清楚并画成图，但似乎还是画不出最早期的

矿窑。

　　既然如此，我便打开素描本，根据实雄先生的描述画了起来，算是补足数据。

　　"对了对了。不，这里还要再高一点。没错，就是这样。你画得很好嘛！"

　　这里那里加笔修改，在众人的簇拥包围下画出的就是上页的图。

　　"矿窑像是烧炭窑，很原始。里头堆满硫砷铁矿和柴薪，再点火燃烧。矿石烧红了，亚砷不是会变成气体吗？和烟一起移向隔壁的集砷室，温度一下降，气体会变成白色粉末，那就是亚砷的结晶了。是拿来制造毒气、防腐剂或除草剂的原料，带有剧毒呢。"

　　"最早盖窑时，村里根本不知道是在制造有毒的东西。这里从 350 年前就是矿山，所以没人去追根究底。"

　　"矿窑冒出来的烟，像云海一样覆盖村子，大家都笼罩在亚砷粉末底下……牛啊马啊一只只死掉，然后是人得怪病或就走了，这种情形很多。喜石卫门一家七口全死光了……其他家也一样。会咳嗽。皮肤变得很黑，胃肠肝脏都出了毛病，虽然症状不同，但都是亚砷造成的。"

　　"不要再烧炼亚砷了！我们拜托矿山公司的人，但他们哄骗村里的人，'农田干旱无法耕种的时候，公司会负责往后的生活'、'这是国家政策'，分化大家。"

虽然一度中止，昭和三十年（1955）却再度开采。在这期间，县的驻外机构西臼木支厅竟然介入矿山公司和农民之间，出面斡旋再度开业，最后仍旧继续开采。

"上头不会做出不利我们的决定"，村民一直这么相信……

在砷中毒矿害爆发后，行政机构仍继续欺瞒村民。

举例来说，昭和四十七年（1972）县政府说了这样的话：

"那些认为是遭受矿害的患者，连小病都医好了，以后不会再有砷中毒的病例了。"

但在那之后，又出现了 134 个被认定是砷中毒的案例。

其实有很多人为矿害所苦，却因为所谓"认定标准"而迟迟不被承认是受害者。住在樋口的操小姐就是其中之一。更何况即使经认定是砷中毒受害者，痛苦也不会消失……

我住在村里的空屋，隔天也在村里到处走。

离开时，在雨中为我送行的村民说：

"土吕久的矿害还没有终止。如果这样的事情被人遗忘……"

下山时我脑中一直盘绕着这句话。原来的目标腌萝卜化为乌有。

（"受害者协会"会长佐藤树夫先生在受访一年半后去世。）

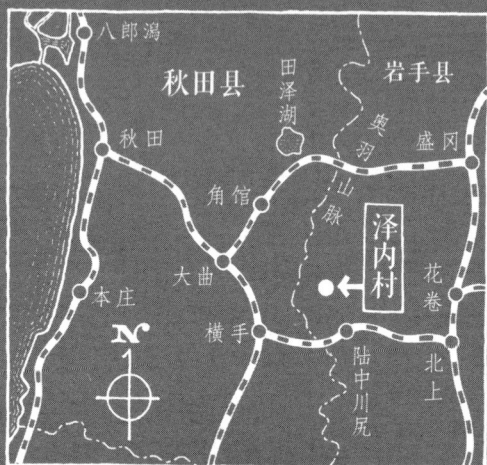

暴雪地带的猎人故乡

❖

（岩手县·泽内村）

以前东北地方有种被称为"Matagi"的山野猎人。现在仍有人自称是 Matagi，但真正的 Matagi 已经不存在了。

可是还有少数当过 Matagi 的人在世。很早以前我就想深入了解，这回正是机会。把 Matagi 和腌萝卜连在一块，或许可以找出代表雪国的腌萝卜。

虽然知道这次要前往东北地方，但到底要去哪边，很犹豫。

也许应该走一趟以"阿仁 Matagi"闻名的秋田县……

查了分布图，发现青森、岩手、山形、宫城、福岛、新潟共七县，都有 Matagi。

虽然有点丢脸，但我逢人就嚷着 Matagi，结果承蒙大家帮助，资料从各处汇集而来。其中有间碧祥寺博物馆。

"？"

仔细一查才发现，原来这间博物馆同时也是间寺院。

住持太田祖电先生身兼村长，也担任博物馆馆长。这里收集、展示邻近五县渐渐消失的 Matagi 用具，是一间很特别的民俗资料馆。

再加上所在地的岩手县和贺郡泽内村，以前也是 Matagi 之乡。

"就去这里！"

这时正好遇上暴雪警报，周围亲友都很替我担心，但是，"雪国就是会有雪，而且会被大雪封闭。如此一来，不就更能看出腌萝卜存在的价值？此时不去，更待何时！"

在东北本线的"北上"换搭北上线，过了约一个小时，在"陆中川尻"下车。接着在车站前转搭公交车，前往为奥羽山脉环绕的泽内村。

这里和新潟县的高田地方同样以雪多闻名。据说年年积雪三米深，真是不得了。

"昭和四十九年可不只如此喔。雪积了有四米高。"

"雪积得这么高，交通应该会中断，整个村子都封起来了吧？"

可是我听到的答案却出人意料：

"即使其他县道封闭，国铁停开，但是至今为止，从川尻经过我们村子再开往盛冈的公交车，从未因风雪停驶。距离有55 公里。这是我们和其他村子不一样的地方喔。"

听说的明明是"深雪秘境"，但这边的情况似乎与传说不尽相同。

事实上，以前一到冬天，所有交通便完全中断，村子与外界隔绝，只能静候春天到来。

岩手县很穷，据说县内最穷的就属泽内村，不管是病患人数、婴儿死亡率都居日本第一。

为了摆脱困境，村民决心要"人定胜雪"。首先是确保冬季道路通畅。既然无法让老天停止降雪，那就只能努力除雪。

"这么多的雪，再怎么努力也清不完啦……"

很多人认为这是不可能的任务。的确，雪实在多到不行。

"就算如此，不试怎么知道……"

村民侃侃谔谔意见纷陈，最后决定借一辆中古推土机试着除雪。这是昭和三十二年（1957）的事。不断和积雪奋战的结果是，总算让四公里区间道路保持畅通。在风雪中看见公交车驶来，村里的人说：

"好像在做梦。"

来年村民会议通过购入推土机的决议。10吨的车种要价530万圆，相当于全村年税收一半，由此可见是多么重大的决定。

之后又慢慢陆续添购，扩大除雪范围，现在不只干道，即使是往再小村落的支线，车子都可通行。而自从"积寒法"（为了确保积雪寒冷特别地区的道路畅通而特别制定的施行办法）施行之后，县道的除雪工作改由县政府负责……

从搭上往泽内村的公交车开始，还有在村里各处，我听来了以上事情。本地人对于能够战胜宿命般的大雪，感到相当自豪。

"现在我们村里有 10 辆除雪推土机，雪再大都不担心啦。"

即使下大雪交通也不会中断，这里的腌萝卜也因此失去了耐储藏食物的意义。

仿佛在见证此事一般，公车站前的杂货店里贩卖各式商品。就连前几天才在电视广告上出现的新产品，在村子里也可以轻易买到。很多人家不再腌萝卜，而是直接去店里买。

我先在村里绕了一圈，抵达寺院已经很晚了。

碧祥寺博物馆由三栋建筑构成。其中之一是以前的主屋，直接改成民具馆。此行的目标——Matagi 猎具——则是集中在水泥建筑里展示。

馆长太田祖电先生生于大正十年（1921），那年村子刚装电灯，所以名字里有个"屯"字。同时身兼村长和住持职务，非常忙碌，因此实际负责博物馆营运的是夫人幸惠女士。

大人 =300 圆。大学、高中生 =200 圆。中小学生 =100 圆。

踩着深雪往 Matagi 资料馆走去。开了锁，打开门。冬天也照常开馆，但是没人来时门是锁着的。

藏品众多，据说超过五百件。有些深具学术价值，也有的被国家指定为重要民俗文化财产。

我独自一人留下来素描。看着一件件用具，仿佛感受到雪国的严酷生活，我大感兴趣，依次描绘，专注地画了一个半小

猎人

稻草编成的帽子（Torabou）

檐

羚羊毛皮（Kigawa）

手套（Teshyaki）

以这身打扮进入山林。为了御寒下了不少工夫，但还是比我想象的单薄。

防寒皮衣（Kawadougi）（Mesinidara）

便当背包

雪橇（Kanjiki）地区不同，用具形状多少有异。

弹带

背心（Meekake）

雪裤（Yukibakama）前穿式

绑腿（Habaki）

雪草鞋（Tumago）

雪板（Konagya）用途多多。①铲雪；②雪深的时候排雪前进；③下斜坡时充当刹车用；④枪的台座；⑤遇雪崩时可竖起来保护自己（现在还有人使用）。

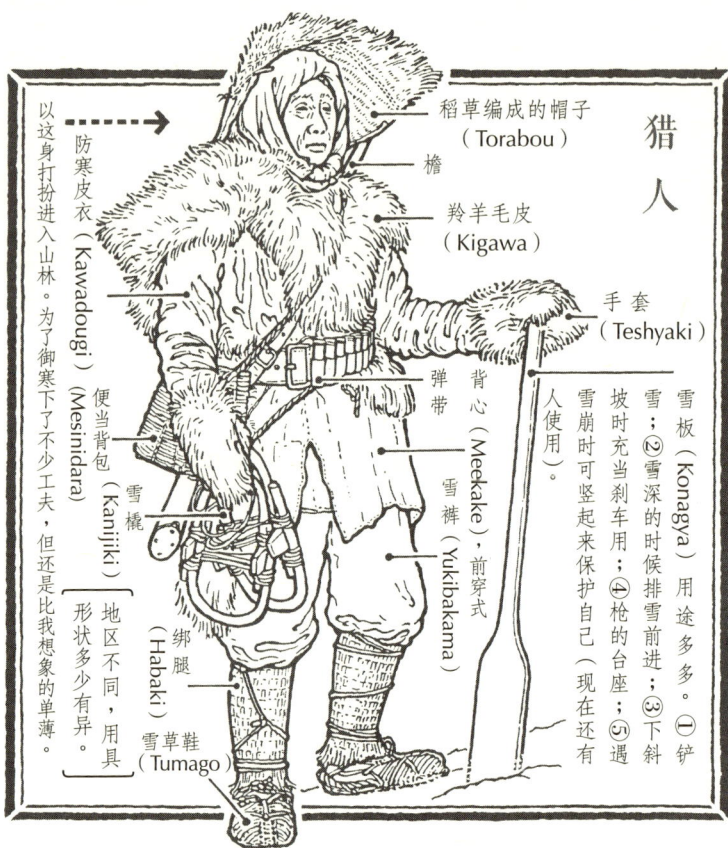

时。因为馆内没有暖气设备，让人觉得冷到了骨子里，浑身直发抖。

晚上听祖电先生讲关于 Matagi 的事情。

"虽然现在村里还有很多猎熊的猎人，但他们已经不能算 Matagi 了。要说哪些地方不一样，主要是 Matagi 坚信'山是由山神支配的世界'，也就是会害怕亵渎山林、触怒神灵。

山 神

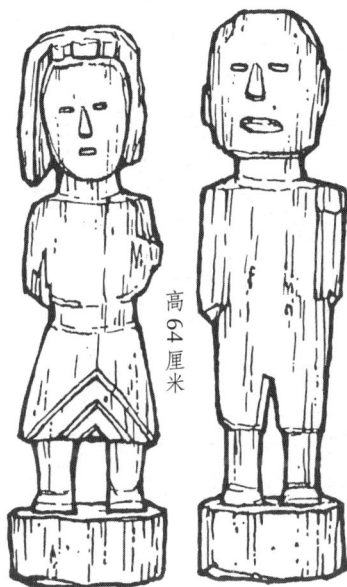

山神的御神体是各时代手工制作献上的，材质及样式也多有不同，光在泽内村就有一百多尊。

高 64 厘米

自古以来 Matagi 山神是女神，樵夫则是男神。但一尊很寂寞，不知何时开始，村人把男女配对了。

江户中期的未着色木雕

"另外，狩猎必是集体行动，十人左右一组，以 Shikari 为首领，并严守'山林规则'。首先是入山后以'山语'交谈。例如熊称为 Itazu，家叫作 Ikane，火是 Igusi，生火是 Agarakasu，害怕是 Sazi，词汇非常特殊，绝对不能用日常语言。相对地，回到村里就不能说山语。这个规定必须严格遵守。

"因为山林是神圣场所，必须彻底区隔出来。

便当背包

放入便当背肩上，也就是肩背包。各人自行以稻草编成，造型简单大方。

秋田县·由利郡鸟海村·屋子

高 21 厘米，宽 30 厘米。

就算被雨淋也不易渗水，且通风保湿，轻便好用。

"入山前先净身，净身后不可和女性交谈。在山里不唱歌，也禁止喝酒抽烟。不管遇到什么事都不能违抗 Shikari 的命令。还有许多琐碎规定，总之，要严守这些规矩打猎的才是 Matagi。

"不过，并不是因为'自古就如此'才依循那些规矩的。从前这地方很穷，猎物的多寡会直接影响生存。集体行动可提高打猎的成效，再加上深知冬天的山林很危险，团队行动才能

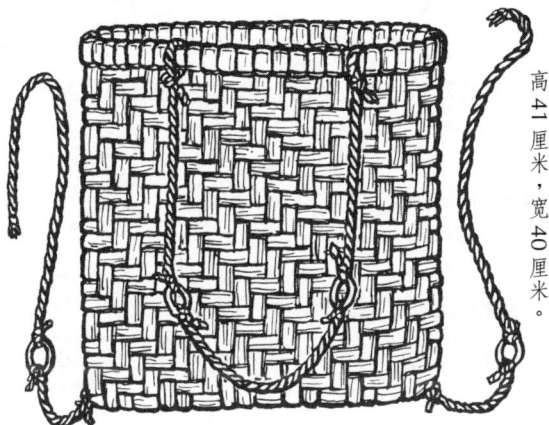

山提袋

这也是入山时用来装便当或者其他用具的袋子。猎人用葡萄藤亲手编成，下山时放捕到的猎物。

高 41 厘米，宽 40 厘米。

秋田县·平贺郡山内村·三又的猎人使用。还有各种便当袋，各地的样式差异颇大。

确保自身安全。"

随着时代变迁，人们不再相信有山神存在了。枪的性能、御寒衣鞋的质量也大大提升，山间道路比以前宽广，甚至吉普车可以一路驶上半山腰，不需连续几天都待在山里。狩猎方式也只要一两个人轻装简行就够了。超过两个人就用无线电联络，总之一切都和以往 Matagi 时代不同了。

现在打猎成了休闲运动，取 Matagi 而代之的是"Hunter"。

如果问年轻人，他们都笑说：

"穿成 Matagi 的样子？别开玩笑了，那打扮多怪！"

博物馆里展示的是 35 年前复原的 Matagi 打扮，因此就算是以前当过 Matagi 的人，现在也不可能穿成那样子了。

接着去曾是 Matagi 的米仓金太郎先生府上拜访。他生于明治四十四年（1911），已经七十几岁，现在仍是猎熊名人，身体还很硬朗。

"您曾担任 Matagi 的首领 Shikari？"

"是呀。"

夫人端出腌萝卜当茶点，盛得满满一大碗，让我有来到东北地方的真实感，高兴极了。依照惯例，我咯吱咯吱大口嚼了起来，品尝一番。

"应该再多腌些时候……还没完全入味呢。"

"不会不会，口感、咸度都恰到好处，味道很不错。"

在这里，腌萝卜被称为"粉糠渍"。

"去山上会不会带腌萝卜？"

"不会，这种水分多又重，通常只带盐和味噌，或者那种吊在地炉上熏干的腌萝卜。"烟熏的腌萝卜……好像很好吃。

"现在有没有？"

"没有呢。"

说到这儿，发现没看见地炉。这里也改用石油暖炉了。

金太郎先生一定纳闷这采访者很奇怪，怎么光问腌萝卜

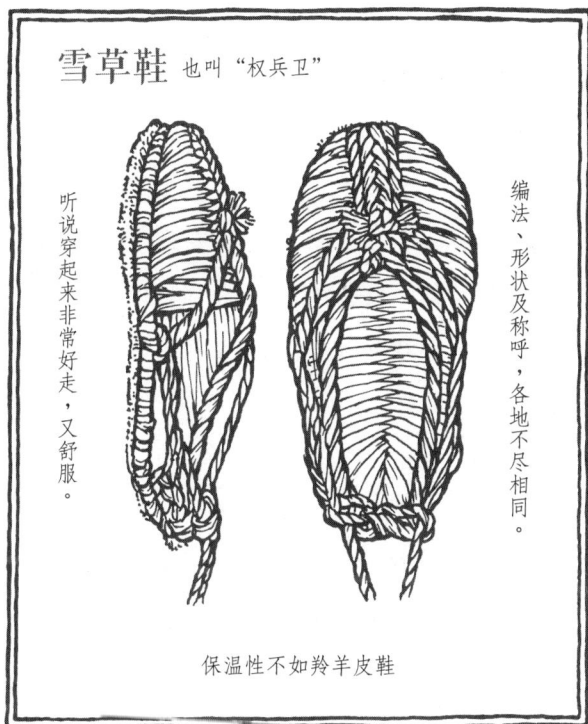

雪草鞋 也叫"权兵卫"

听说穿起来非常好走，又舒服。

编法、形状及称呼，各地不尽相同。

保温性不如羚羊皮鞋

的事。

接着我问起雪草鞋，他说已经 15 年没穿了。现在都改穿保暖雪鞋，雪草鞋派不上用场，所以也没人会做了，剩下的都保存在资料馆里。

稻草编成的雪草鞋既柔软，又好看。即使现在没人穿，如果编法就此失传，实在太可惜。从腌萝卜的话题突然转到雪草鞋上，村长笑着说：

"那来找找看会编雪草鞋的人吧。"

他打电话到制作民艺品的长青创作馆：

"有没有人会编雪草鞋啊？"

结果据说明治三十五年（1902）出生的馆长藤原春吉先生知道怎么编。

拨了通电话给他，似乎当场没办法做。理由是去年气温过低稻作不佳，没有稻草可用。他答应如果有好稻草，便做一双送我。

"这种腌萝卜的做法不久也要失传了……"

听我这么感叹，教育委员会的米泽一男先生说：

"放着不管，我们的下一代就会出现这种情形了。真是如此的话，那就糟糕了，所以村里泉泽小区的儿童会，打几年前就开始教种各类蔬菜了。白萝卜也是从菜籽开始，收成后拿来做腌萝卜。

"负责指导腌法的是村里的老人家。在这之前，孩子们对'敬老'没什么体会，但借着学做腌萝卜，他们发现从长辈身上可以学到很多，因此明白了敬老的意义。

"此外，老人家也有被需要的感觉，觉得人生有了意义。"

据说村里的老人福利、医疗等都有配套措施，泽内村因此声名大噪。

长青中心、妇幼健康中心紧邻村里的泽内医院，这些都是自昭和五十年（1975）起在五年之中逐一落成的。为了建立预防、检查、治疗乃至康复等各环节连贯的医疗保健体系，各栋建筑可以互通。从成效上来看，以前居高不下的婴儿死亡率从昭和三十七年起已经有八次零死亡率的记录。

令我讶异的是，泽内村早自二十多年前就已经实施婴儿、老人免费医疗措施。目前除了婴儿及老人医疗外，还为 35 岁以上的壮年进行健康检查。

积雪量仍和往常一样多，但总觉得这个独特的村落传来阵阵暖意。

春天一到，孩子们会从桶子里取出腌萝卜，招待指导他们的老人家，举行热闹的"腌萝卜品尝大会"。

他们邀请我说：

"春天时您要不要再来一趟，跟我们一块儿吃腌萝卜呀？"

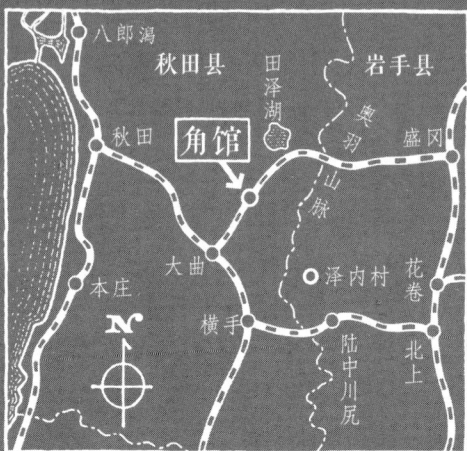

不见地炉的熏萝卜

❖

（秋田县・角馆）

在岩手县没吃到烟熏的腌萝卜，一直让我耿耿于怀。

最后终于决定自己动手做做看。

经过仔细挑选，我买了两种最接近乡下腌渍手法的腌萝卜，晒干。虽然水分原本就不多，但我想要烟熏的话，还是再干燥些好吧……

晒之前试了味道，晒干后也试吃了一些。这两种腌萝卜的口感和量产的不太一样，价格也比较贵，但是味道嚼劲都不错。因为重复试吃，腌萝卜渐渐变短了，放进熏锅时只剩一半。

用的是偶尔自制熏肉、熏鱼的那口锅子，非常轻巧好用，成果每每不同凡响，很令我自豪。话虽这么说，这锅子又不是我亲手打造，只是市面上买来的，哪里有什么好骄傲的……

这次熏烤的东西和以前不同，让我有点坐立难安。没过多久就去掀锅盖，往往都是"还没好"，急急忙忙又盖上。当然冒出来的烟便充满整个房间，真是不得了。

这时听到有人敲门，看到隔壁太太不安的神情。

"好像有烧焦的味道？我担心附近是不是发生火灾……"

"对不起！是我家，是我们家冒出来的烟，现在正在熏烤。实在很抱歉，让您担心了。"

居然惊扰到旁人，真失败。

忍了许久不掀盖，最后打开一看，却已经成了"黑炭腌萝卜"。

简直就像中药药材一样。

尽管如此还是吃吃看，可是只尝到好苦的焦炭味。真正的熏萝卜应该不是这样。

"你够了没！别再乱搞了！"

虽然在意家人谴责的眼神，我还是去买了腌萝卜，准备第二次出击。

这一次很好吃。非常成功！

香味、颜色、味道、硬度都很棒，"吃起来一定就是这样！"

马上打电话给好奇心满满的朋友。

"有珍味可吃，要不要马上过来？"

烟熏骚动不断蔓延开来，来得比我找的还多，众人纷纷拥到。

将烟熏前后的腌萝卜摆在一起，正经八百请他们试吃。朋友的反应是：

芬兰制的熏锅

高 16 厘米

红色锅盖直径 36.5 厘米

金属网架

锅子

腌萝卜

记得好像 7000 圆不到

（鸡婆地提醒想尝试的人）打开时热气
会喷出来，小心不要烫伤……

锅底铺上烟熏用的木屑，在中间金属网架上放置要熏的东西，盖上锅盖点火即可。木屑在百货公司也买得到。

烟

中间的
网架

烟熏用
的木屑

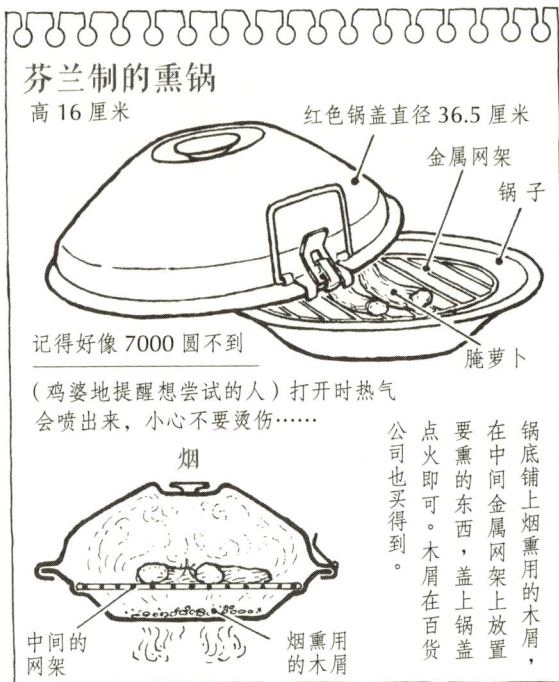

"熏过的口感比较好。"

"或许是盐分融进去，咸味变温润了，确实比较好吃！"
等等等等。

"啊！别吃那么多，还有两个人要来哩。"

只不过是熏萝卜，大家居然就能如此 happy，真是可喜
可贺。

其中有个爱吃鬼，戏剧节目的制作人 N 君说：

"这很像秋田的熏萝卜呢。"

"……？"

"河童先生不知道吗？那是秋田名产耶！"

"没听过——别用那种瞧不起的眼神看人啦，赶紧告诉我吧！"

"其实河童先生跟那位也很熟啊。演员山谷初男先生老家在秋田角馆喔。他姐姐偶尔来东京，就会带那个来。我也分到过。当地好像叫'烟熏 Gakko'。Gakko 就是腌萝卜。"

隔天我马上去见山谷初男先生。

"原来是为了'熏 Gakko'？"

事情是这样的……我也搞不清楚到底是我追腌萝卜还是被腌萝卜追，总之，把来龙去脉告诉他，然后：

"很想赶紧弄到手。如果可以，要我马上去当地也行。"

"难怪你会急。拜托我姐姐送来是没问题，不过河童先生亲自走一趟，会比在这里等还来得快。但大雪时期比较辛苦。"

结果上周才到岩手县，现在又要去紧邻的秋田县，而且还是隔着奥羽山脉的相反侧。

听到岩手县已经失传的东西在秋田流传下来，这是一定要去的。

雪国当然有积雪，但角馆的雪量比泽内村少一半。不过今年积雪量比往年还多。

车站前的山谷旅馆是山谷初男先生的老家，紧临的浮士德咖啡店则由他妹妹照子女士经营。

照子女士接到远嫁仙台姐姐的电话后，就在等我了。一想到因为我要找烟熏 Gakko，让他们一家人在东京、仙台、角馆三地之间电话打个不停，实在是给他们添麻烦了。

熏 Gakko 比咖啡早送上，我先咬了一口。

"真好吃！"而且，"很像！"

不同的是烟熏味比我做的还温和且有余韵，这种微妙的口感真是棒极了。

像是看见萝卜正在地炉上方烟熏似的。

可是，听了制作方法，才知道和我想象的实在差太多。

并不是拿腌萝卜烟熏，而是烟熏之后再做成腌萝卜。

想想也对，如果在地炉上方悬挂大量腌萝卜，家里不就臭死了。

急忙打了电话给奥羽山脉那一边的泽内村问清楚，果然，他们的做法也一样。

"没错没错！"

从前是把萝卜挂在地炉上方40天，之后萝卜大概会皱得只剩一半，再用盐和米糠腌，方式与普通腌萝卜一样。

可是，即使同样是熏 Gakko，每家都各有偏好的口味。

照子女士也从隔壁的山谷旅馆拿了些熏 Gakko 过来。

"每家的口味都不太一样。"

但时代变了，不是每一家都做熏 Gakko 了。

加上这地方也渐渐不用地炉了。说起来，照子女士家里也没有，但她说是自家熏制的呀。

"那要在哪里熏呢？"

"拜托人家啰。"

"咦？有专门帮人家烟熏的地方？！"

"是啊，原本是酱菜店，七年前开始，除了自家要卖的之外，还代客熏萝卜。附近的人每年都委托他们，熏好的萝卜分送各家，各家再自行腌制。"

一听到这儿我就坐不住了。

赶紧到车站前搭出租车，拜访照子女士介绍给我的青柳宗五郎先生。

下延·字上川也是在仙北郡角馆町，以前叫云泽村，比我想象的要来得远。

这是一间大大的老房子，茅草屋顶上积满了雪，女儿嫁进了山谷旅馆。创立酱菜店的 33 岁的宗五郎先生有事外出，出来招呼我的是他父亲惣吾先生，今年正逢 60 大寿。

他带我去的大熏制室，和主屋隔着一条小路，地势略高。屋里的水泥地上铺着沙，建筑里头空荡荡的。天花板上有很多圆木梁。去的时候正好熏制完成，所以没见到吊挂的萝卜，但是那气味仍在 58 坪的建筑物里飘荡。

11 月时，把田里采收的白萝卜洗净，用绳子绑好，整排挂起来。下面虽然没地炉，但是地面的沙上头铺满栖木柴薪，持续燃烧熏上 20 天。有的熏好了直接交给订购的客户，有的则

或许是因为烟往上冒，温度升高，茅草顶屋脊上的雪就消融了。

屋顶用茅草盖成的大烟熏室

办公室　　右边有一个小规模的酱菜工厂

以前这个村子的人绝不吃肉，就连鸡蛋，也要到神社参拜，得到神明许可才能吃。秋田县很多村子有 Matagi 猎人，但本村离山很远，一个 Matagi 猎人也没有。风俗习惯也会因为地域而有差别……

一间屋子的地炉上挂着 500 至 600 根白萝卜

从11月吊到1月底

重现古早的烟
熏方法……

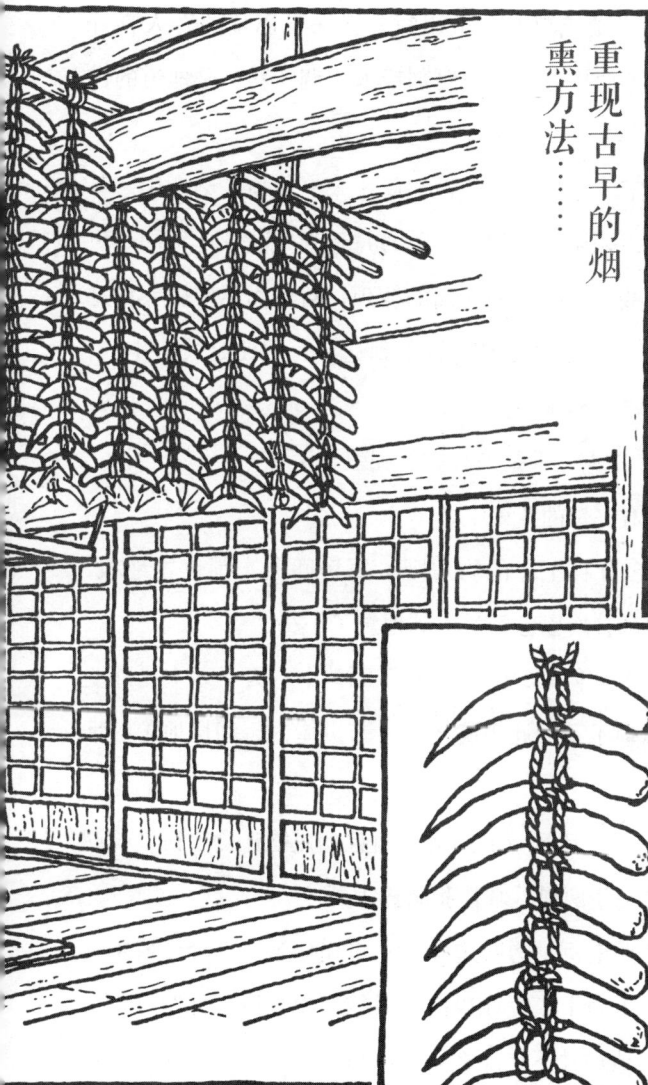

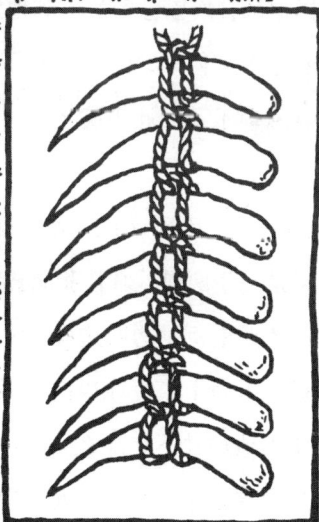

宗五郎的母亲雪女士实际
示范白萝卜吊绳的编法 ▶

是再进行腌制，做成熏 Gakko 出货。腌法可以依照客人喜好调整，但一概不使用色素、防腐剂或人工调味料，是地道的古早味……

这间熏制室三年前才盖的，如此说来，屋顶是刻意用茅草搭建。理由是，采用茅草屋顶，随着每天天气、气压不同，熏烟有时会低一些，有时腾向高高的棚顶，自然而然产生一种神奇的呼吸效果。据说铁皮屋顶做不到这点。即使是大量生产，还是尽可能采取古早做法。

"那以前各户人家都是怎么做的呢？"

惣吾先生对好奇的我说：

"那就请您看看主屋的厨房吧。那房间原本铺着木地板，现在改成榻榻米，所以已经看不到地炉了……"

雪国的冬天来得早，这点不利于晒萝卜。万一萝卜受冻变成空心的就麻烦了，因此干脆把萝卜带进屋内，利用地炉的烟熏干。

熏 Gakko 是生活智慧的产物，而且烟熏能让食物得以长期储藏，可说是一举两得，真让我眼界大开。

在此也依照前例，边听边画，我将榻榻米的部分改成木地板，天花板吊上萝卜，复原以前的风貌。说复原也许有点太夸张，毕竟使用地炉并不是那么久远的事……但在这个村里，地炉好像真的很遥远了。170 户人家中，还有地炉的茅草屋只剩下 10 户。虽然我也参观了有地炉的人家，但他们也不在家里熏萝卜了。

秋田县还有一些地方以烟熏方法料理食物，这在现代可是越来越弥足珍贵了。

回程时在秋田市内四处打探，结果大家几乎都回答道：

"熏 Gakko 只有人家做来分送才吃得到，总是不够塞牙缝。"

所谓秋田名产熏 Gakko，现在已经不是一般家庭的常备食品了。即使在角馆附近，因为熏 Gakko 价位较高，现在几乎只买得到普通腌萝卜了。

我在车站商店里看到作为观光土产的熏 Gakko，真空包装。标签上印着"添加物：人工着色剂、人工调味料及合成保存剂"等字样。

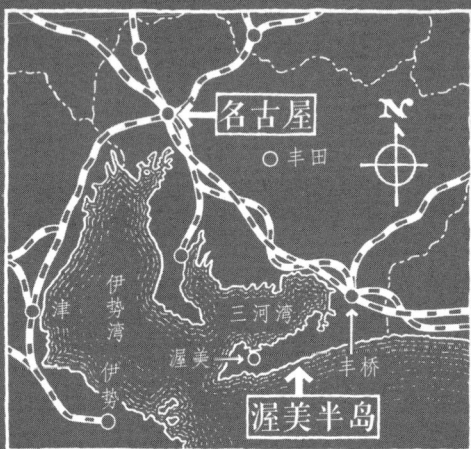

突破传统与守护传统

❖

（爱知县·名古屋／渥美）

我没听说过有谁拿守口萝卜做成腌萝卜。这是为什么？

以世界第一细长闻名的守口萝卜腌成的"守口渍"是名古屋名产，但是守口渍和奈良渍属于同一种类，以酒糟和料酒来腌渍的。

"为什么不用米糠呢？"

我打电话给业者，一家一家询问。

"咦？米糠？不可能啦。守口萝卜这玩意儿一定得煮过或炒过，因为皮很硬。而且本身没啥味道，得用酒糟或料酒调味……"

"做成守口渍，硬皮反而变得有嚼劲，成为它的特色……"

"不行呢。试过了，可是太硬……和其他品种不同，守口萝卜晒了也不会变鲜甜。"

遗憾的是，每家的回答都是"不适合做成腌萝卜"。

腌制贩卖守口渍的厂商有 24 家，或许至少有一家怪怪的酱菜商会给出这样的答案：

"打以前就说是不可能，但我一直想用米糠腌腌看，因此不断研究。"

所以我不死心一直拨电话……

有了！总算有了！

"真的吗？！确定是用盐和米糠腌的？您那边就有现货吧？！"

我想我是不是兴奋过头了，最近只要一听到腌萝卜，就像巴甫洛夫犬似的，条件反射产生垂涎三尺的反应。

我急忙搭上新干线，前往目的地。

从名古屋车站转搭地下铁，在"盐釜口"下车。

或许因为才挂电话没多久就抵达了，对方满脸茫然地迎接我：

"您是坐直升机来的吗？"

这家酱菜商叫"丸越"，规模相当大。

挂在墙上的板子写着"实践目标"，第一条是"用创意研发新产品"。

"想尽办法将守口萝卜做成腌萝卜，也是这种精神的展现吗？"

"是啊。所谓守口萝卜，就是拿它没办法的萝卜，这是事实，真的不好吃！"

社长野田三郎先生皱着眉，一副很难吃的表情说道。

"那您为什么还要试呢？"

叶子长度 40 至 50 厘米 ——→

也有的将近两米长

守口萝卜

一般为 1 至 1.2 米。直接生吃得到的评语是『太辣不好吃』。

这种细长的萝卜只能生长在河畔沙地上，主要产地是木曾川流域，爱知县的犬山扶桑町及岐阜县的则武町。

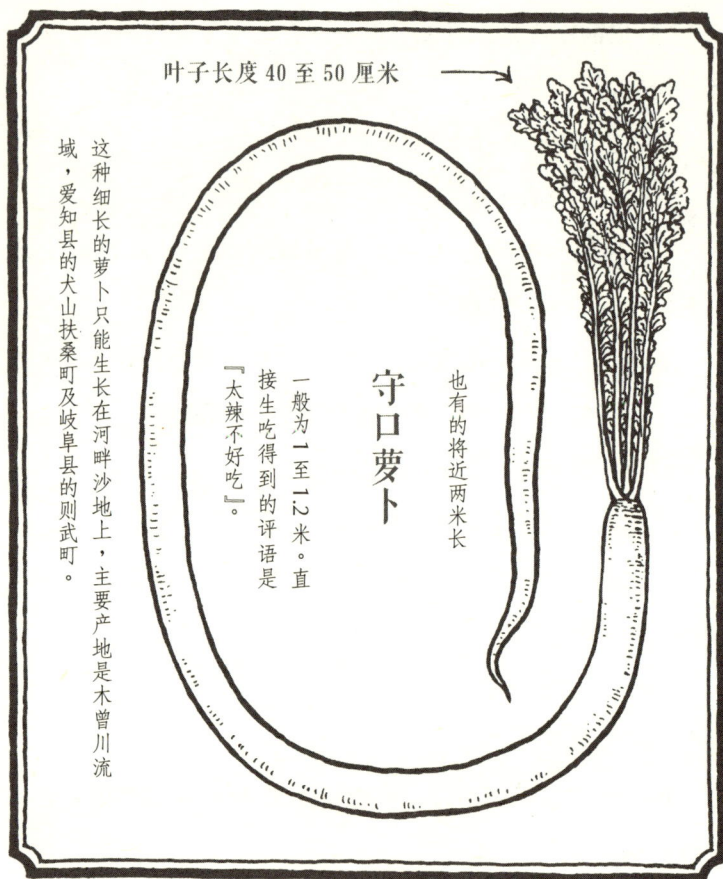

"'到底要怎样才能把这玩意儿变好吃？'以前的人也是出于这种想法，一试再试，才会有今天的守口渍。总之，守口渍也曾经是新产品。生吃实在是很难吃。我们的梦想是不只固守旧有的守口渍，还要进一步发挥创作力，经过研究室不断试验，总算做成了可以称为腌萝卜的产品，现在在中京地区试卖。"

我好想赶紧吃吃看，坐立难安。

"到底是什么味道呢？"

他从塑料桶里拔出一根，洗了之后切给我。

我把它塞入嘴里，社长一直正面盯着我的嘴巴瞧。

咬起来硬邦邦的。

和守口渍独特的爽脆感不同，吃在嘴里感觉有不少纤维。

"老实说……"

"是，请直言。"

"口感和味道还差一些呢。但是比想象中更像腌萝卜。毕竟是被评为很难吃的品种嘛。"

他们研究得很辛苦，我居然说出这种感想，觉得有点抱歉，但实在只能这么说了。

"没错，正如您所说的，味道还得加把劲，正在进行各种研究。我认为还是有希望将守口萝卜制成腌萝卜。只要耐心努力，一定可以做出口味独特的腌萝卜……"

社长将梦想寄托于未来。

即使革命尚未完成，这种腌萝卜还是十分珍贵，社长送了一条给我，当作礼物。整根弯弯曲曲的，连叶子总共 177 厘米长。

"虽然是真空包装，但因为没添加防腐剂，请尽早食用。

这是浅渍①，最好三天内吃完。"

"别担心，我那群爱吃鬼朋友一来，马上就……"

我一面期待守口腌萝卜完成，一面向名古屋道别，搭乘新干线。下一站是丰桥。

"一说到丰桥，不就渥美腌萝卜②嘛！"

于是我半路下车，直奔市场。

不知道远近驰名的渥美腌萝卜如今仍否健在？

买了一条，当场洗了咬一小口，接着再买其他家的，依序比较……

每种都切一两片，直接就在店里吃将起来，老板好像觉得我是个讨厌的怪客人。

"您是卫生局的人吗？"

"咦？不是不是，请不用担心。这不是抽检。"

我急忙回答。而且，卫生局怎么可能这样抽检啊？

就我所知，渥美地方的酱菜商不只生产渥美腌萝卜，也有其他口味的腌萝卜。

例如在高知看到的梅醋腌萝卜、海带腌萝卜，以及各种独特口味、自行研发的配方等等，琳琅满目的商品排在店门口。

---

① 浅渍：日本酱菜根据腌渍时间可分成两三个小时的"浅渍""一夜渍"，三天到一个月的"当座渍"，两三个月以上的"本渍"。

② 渥美腌萝卜：渥美半岛自古就是腌萝卜名产地，至今仍保存传统制法。先将冬季收获的萝卜连叶架在干燥含盐分的西北季风中吹拂，约两周后脱去水分。再以米糠、柿子皮、茄子叶、海带、辣椒、盐等调味，放入均温无光的仓库腌制一年。

一问才知道，原来这些商品也销售到全国各地呢。

　　隔壁制作名古屋守口渍的商家也一样，还有各种一夜渍及普通的腌萝卜。说是光靠一种产品，没办法撑起一整年的生意。

　　我原以为这里只生产渥美腌萝卜，来了一趟才知道事实不然。

　　在秋田市的市场也是如此，熏萝卜只占酱菜卖场的一小角落，反倒是千里迢迢从九州岛来的山川渍①还比较多，而且是各家产品争奇斗艳。或许这才是现代日本的实况。

　　熏萝卜在秋田越来越稀有，那利用伊势湾冬季季风干燥的渥美腌萝卜，是否也渐渐消失了呢……我有些担心。

　　我想到渥美半岛走走确认此事，可是天黑了，便在丰桥住一晚。

　　夜里打起嗝来满是腌萝卜的味道，伤脑筋。

　　突然想起一段轶闻，电影名导演木下惠介先生非常厌恶腌萝卜。

　　据说出外景的时候，副导的重要工作之一就是事先告知旅馆，工作人员的桌上绝不能出现腌萝卜。还有人传说，某演员在他面前咯吱咯吱咬着便当里的腌萝卜，结果就被换角了……私下问了工作人员才知道，原来木下导演的老家是酱菜商。如

---

① 山川渍：鹿儿岛名产，白萝卜长期曝晒后在木臼里捶打，再用盐腌渍密封半年左右。

不管在什么地方，都得选择适合当地土壤的萝卜品种。这里种的是『阿波晚生』。虽然个头小，但由渥美的温暖土地孕育，再由冬天的强烈海风吹干，味道特别甘甜。

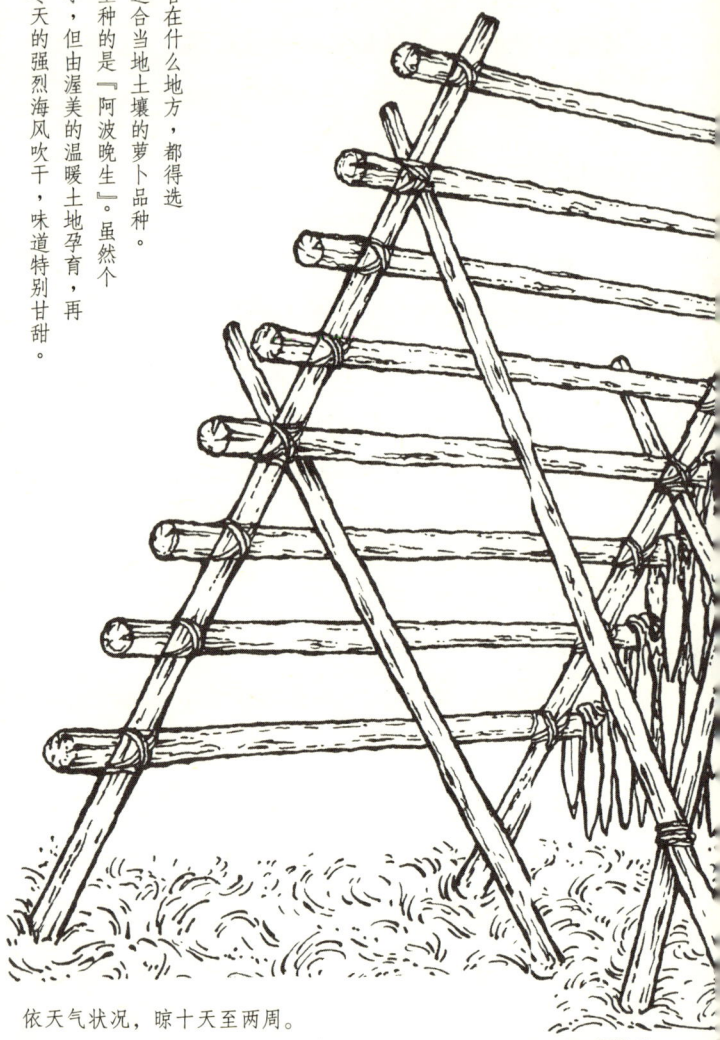

依天气状况，晾十天至两周。

以"稻架挂"的方式风干，来自各个角度的风和阳光都不会漏失。

天然风干的渥美腌萝卜

不只在渥美半岛，也有其他地方采用
"稻架挂"（Hazakake）风干法……

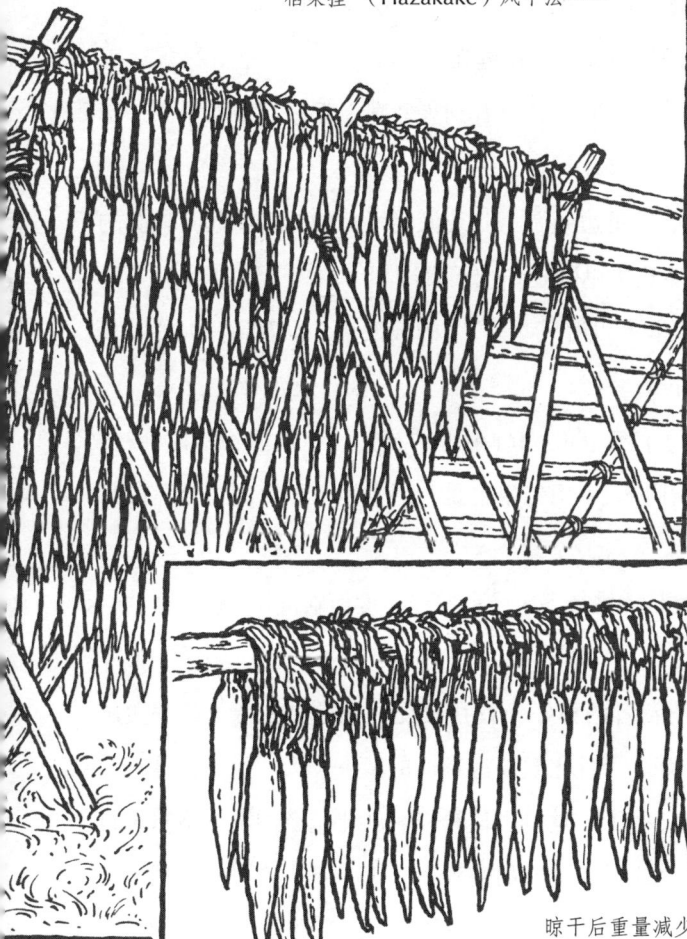

每六根萝卜成一束，再分挂在长杆的两侧。▼

晾干后重量减少
为原本的 30%

果传闻是事实的话，也就不难理解了。

如果不适可而止，或许我也会开始厌恶腌萝卜了。别再大口乱吃，浅尝就好吧。否则可能"一闻到味道就……"

隔天早上，在丰桥车站前叫车，直奔渥美半岛。

我担心的渥美腌萝卜还健在。

因为过了风干时期，只看到少数萝卜垂吊而下的景象，不过还是遵循古法。

走在萝卜田里边画图。吹袭渥美半岛的北风卷起我外套的衣角，素描本也啪哒啪哒作响。真冷。

"渥美腌萝卜以海风吹干"，的确没错，也看到一大片晾萝卜的棚架并排着。

我拜访了位于伊良湖岬附近的福江"中川渍物株式会社"的中川省三社长。中川先生也是"渥美腌萝卜协同组合"的理事长。

"好不容易才维持下来的，曾经一度面临危机呢。"

"怎么说？"

"因为消费者的喜好一直在改变，光靠自古传下的渥美腌萝卜无法生存。而且比起浸泡量产的萝卜，天然风干的体积会缩小，加上又费工，重量也比较轻，就比量产的腌萝卜贵上许多。现在，九州岛或东北的酱菜占去大半日本市场，虽然渥美腌萝卜拥有一定的知名度，业绩却没有提升。"

"这么说，自然风干变少了，未来会不会面临消失的命运呢？"

"不会不会，已经没问题了。的确，我们一度过于着重全国市场，偏向普通的量产腌萝卜。但这样会变得没有特色，等于放弃了具有历史意义的地方特色。也就是说，渥美腌萝卜一旦消失，渥美地区的酱菜商等于失去卖点，到头来是自取灭亡。因为意识到这一点，现在是往保存的方向努力……"

在昭和四十五年（1970）到五十年的巅峰期，萝卜田有三千町步①，现在只剩三分之一。其他都改种高丽菜了。

腌萝卜离我们的饮食生活、口味越来越远了。有人认为那只是对自然口味的乡愁，也有许多年轻人不晓得腌萝卜原先的滋味。再加上盐分重的东西越来越不受欢迎。听说盐分不但比以前还少，甚至加了甜味的腌萝卜比较好卖。但盐一少就无法长期储藏，取而代之的便是防腐剂。喜欢的口味比萝卜自然的滋味还甜，于是添加人工甜味料……为了让颜色更漂亮，加入食用色素……

但是，选择权终究掌握在消费者手中。

---

① 町步：日本土地面积单位。1 町步相当于 100 坪或 0.99 公顷。

我家的腌萝卜是日本第一

❖

（东京都·练马）

“想请您尝尝我的腌萝卜……”

到处都有人对我这么说。其中还有人更热心：

“想寄整桶给您……”

很感谢这份心意，但东西我一概婉拒，只听取他们的谈话。毕竟，要我啃遍全日本的腌萝卜实在是太……

就连我的朋友也个个想逃，家人更是满脸厌烦：

“家里都是腌萝卜的味道啦！”

居然讲出这种会遭天谴的话。

不过，每次外出采访，我都会带回各地买的腌萝卜，一边解说一边要大家帮忙试吃，真的对他们造成困扰。

《周刊朝日》编辑部来电说：

“该如何是好？读者又打来了，说务必请您尝尝。这回是东京人。职业是品川鲛洲驾照考场的主考官。他不只自己腌，还直接向种萝卜的农家订货，秋天一到就开卡车去载，然后在东京自家晒，好像很讲究。数量据说有一千根左右。如果您想进一步了解，可直接和他联络。"

听到 1000 根，我吓了一跳。这可不是一般家庭的食用量。

结果，我还是很想搞清楚，因此拨了通电话过去。

"因为想请您尝一尝，我去接您吧。我们先碰个面。我家在杉并区……"

对方相当热心，让我有些不安。

"这次绝不会带回家，没问题！请不用担心。"

我向家人做了奇怪的保证才出门。

来接我的车子已停在那边等候。驾驶席上是打电话到编辑部的增田康弘先生，坐旁边的是他姐姐。增田先生出生于昭和二年（1927），比我年长三岁。

所谓"1000 根"，果然不是一户的腌制量，而是六户人家的分量。原来这六个来东京发展的兄弟姐妹各自在家腌萝卜。

故乡是长野县松元。在东京定居三十多年了，还是觉得这里的腌萝卜太甜，颜色也太黄。他们是可以从乡下带，但不管怎么包，在火车上味道还是会渗出来，每次都很不自在。

于是乎，"那能不能在东京腌制乡下口味的腌萝卜呢？"便从故乡买来白萝卜、米糠，也请母亲从基本开始，巨细靡遗教导腌法。刚开始只有康弘先生这一家动手，结果在东京天空下晒干的萝卜，无论材料、腌法上都重现了老家的风味。

当兄弟姐妹聚在一起试吃时，纷纷说"我们家也来做做看！"结果第二年起合买白萝卜，数量逐年增加，现在总共

1000 根。康弘先生家 300 根是最多的，其他家大约一百或二百根。每年 8 月 15 日前得通知农家今年需要的量，11 月开卡车去载。姐姐正好从事运输业，家里有卡车。她通常吩咐儿子英一或最小的弟弟阿武当司机，康弘先生则自己开车同行。

腌萝卜的时候，这一大家子聚在一起热闹得像是"拜拜"似的。

首先参观康弘先生家的二楼阳台，那是晒萝卜的地方。他拿手电筒边照边说：

"放进篓子像这样排好，晒个十天到两个礼拜，就会飘出甘甜的香气呢。"

诸如此类的细节也讲解得很清楚，看得出来不是玩票性质。

房子和围墙中间的狭长空间有屋顶覆盖，塑料酱菜桶就摆在这里。他拿起压制的重石，取出一条，小心摊平。康弘夫人笑着说：

"完全不假他人之手——这样讲好像太装腔作势了，但真的是全部自己来。说穿了，不过就他的嗜好啦。"

康弘先生在厨房为我切萝卜时说道：

"您看看这个切口，这光泽，很漂亮吧。品种是信州地区的萝卜。虽然炖煮或直接生吃都不好吃，但腌过以后口感和滋味可是棒极了！"

就连萝卜的品种也很自豪，康弘先生露出得意的微笑。

诚惶诚恐接过来。果然好吃。

"盐分浓淡、软硬程度都没话说。"

听我这么一讲，在旁边的姐姐马上说她家的更好吃。

"我已经叫我儿子回去拿，请您一定要尝尝……"

有种手足较劲的感觉。腌萝卜一到就马上切来试吃。

"哪一家的好？"

那股认真的气势让人震慑，害我有些迟疑，反而答不出话。

"很难分出个高下呢。"

但姐弟俩对于这样暧昧的评语似乎不太满意。

即使平常感情好，一提到腌萝卜就互不相让。据说各家会互邀彼此试吃，回到自己家里就说："还是我们家的好吃！我们是日本第一！"

边讲还边吃自家腌的萝卜清嘴巴。

"大家都这么想，这样也省得麻烦。"

姐弟俩大笑起来。

告辞增田家时，他们要我带一些回家，我断然拒绝了。我拼命解释绝不是不合口味……没想到，当我难得两手空空回家，竟然有人送来腌萝卜，是我的堂哥作曲家林光送来的。

说到这个，堂嫂和加子以前就自己腌萝卜，每年都会分我们。她斥责说：

"什么嘛！居然忘了我们家的腌萝卜！河童你是最近才突

然展开'腌萝卜行脚'，我们家可是长期锻炼的！"

我当然比不过有 20 年腌萝卜资历的她。

虽然有点太迟了，我还是从为什么会想自己腌萝卜的动机开始一一请教。

"本来会腐坏的东西现在不会坏，这不自然嘛。不自然不是很可怕吗？腌萝卜也一样。所以就想自己做做看。"

"这么说你也自己做味噌啰。"

"是啊！会发霉的味噌。但酱油就不好酿了。我们家的腌萝卜不太咸，只要温度过高马上酸掉，整桶就全毁啦。"

"怎么感觉好像是用'会不会腐坏'来证明'是不是天然'哩。当然不只这样啦，你们家的腌萝卜也很好吃……"

"不必急急忙忙补上好吃两个字啦。近来很多人不喜欢添加物，不放防腐剂或化学色素的自然食品也多了，但回想二十多年前，防腐剂刚开始为饮食生活带来便利的时候，可是大受欢迎呢。可是，虽说很方便，吃进嘴的东西和自己的健康可不能等同视之。一这么想，就觉得只能亲自动手了。当时不像现在有那么多自然食品。还有，同样要吃，就算只是腌萝卜，也想做出适合自己口味的东西。虽然很费工夫……"

"原来如此。你真是个追求真理的老饕，费心耗力呢。住在东京市中心的大厦，要做到这地步，还真是不简单。用的是木桶？"

"现在改用搪瓷容器。到去年为止，一直用木桶腌，但空木桶只要不小心，就会因为太干燥裂开。裂了好几次，才决定改用搪瓷器。其实木桶比较好，只不过新木桶取得不易，用完要丢也麻烦……你知不知道哪里可以买到木桶？"

"现在的酒也不用木桶运送了呢。以前，例如江户时代，运来大都市的酒都是桶装，所以会有空桶，之后便用来腌东西。听说桶里会残留酒精成分，但这样反而有助于发酵……"就这样东谈西谈，她督促我要把"量产腌萝卜的今昔"写进这个专栏。

我在各地探访酱菜商，也参观了工厂，但是东京的腌萝卜工厂有何不同？于是去拜访位于东京练马区的酱菜铺。听说练马"东映映画"摄影处有一位上了年纪的美术人员，以前务农也种过白萝卜，因此先向他请教。

"这东映周围啊，都是萝卜田呢。三十多年前的事啰。

"秋天一结束，就要拔萝卜，当场把泥土清掉，放进大型木槽洗，一直到晾干，作业得一气呵成。如果萝卜拔起就这样摆在地上，会变成空心萝卜，所以一旦开始就得彻夜在田里工作。这也和腌萝卜加工厂的采购时期或采买量有关，不早点收成好萝卜，卖不到好价钱。因此这时候都是全家总动员，整夜点火取暖，直到天亮。实在是好冷啊！在寒风阵阵吹过的辽阔田地里头，连日彻夜水洗萝卜，实在是冻死人了……"

他的话让人身历其境，听得我鼻涕好像也要流下来了。

他告诉我几间以前就开业经营的酱菜商，我挑了其中一家，前去拜访。

练马区至今还有不少酱菜商，这是因为产地和加工区都在附近。

"您来采访吗？社长正好出差……"

隔着柜台的女职员语气含混不清，好像有点为难，或许觉得我的来访有点唐突吧。

一位男士从里面走出来：

"我是常务董事，请问是什么样的访问？该不会要写我们的商品坏掉之类的吧……不过还是请您等一下。"接着便从办公室出去。

"请问用来腌制萝卜的是哪一个品种？"

"叫作 Risoo。"

"？请问汉字怎么写？"

"理想。"

女职员只说了这几句，之后就一副不想讲话的样子沉默下来。好像对我相当提防。不晓得把我想成什么了——或者是我的问法有问题。在丰桥也曾经被误认是卫生局抽检官员。一般人应该不会这样打破砂锅问到底吧。

常务董事带着厂长回来。

"我和他商量过了，可以让您参观，但可否隐去我们公司的名称？并非会造成困扰，只不过社长不在，而且每家的腌制过程都一样，所以不需要特地把我们公司的名字写出来。"

古早酱菜铺的腌制法

在练马萝卜的全盛时期——昭和二年至十六年左右，是将木桶叠成四五层，全靠人力搬动，相当辛苦……

"我了解。没问题。我不写出公司名，只当作一般酱菜工厂的例子。"

事实上，这里和其他公司一样，除了腌萝卜还生产腌小黄瓜、腌白菜、泡菜、奈良渍等各种酱菜，的确没什么特殊

量产酱菜厂的
腌萝卜槽

并排的酱菜槽每个可腌制
1500 根萝卜，无论工厂规模
大小，大致都如此。

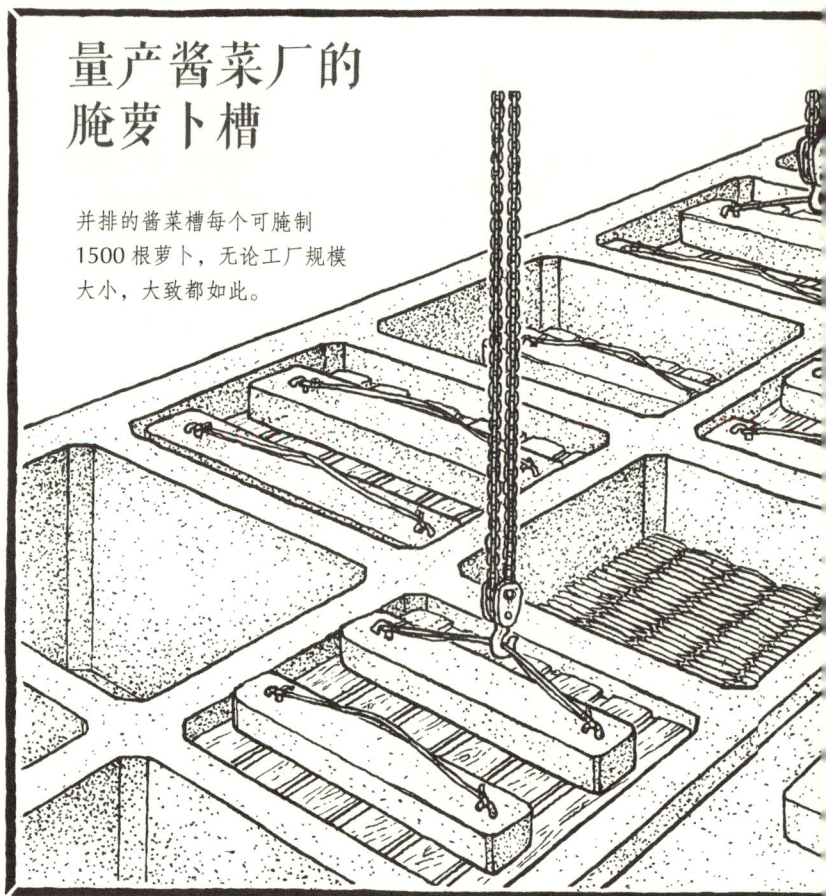

之处。

　　进入工厂一看，从建筑物的这头到最里头，全是巨大的水泥渍物槽。天花板梁上的吊车钢轨用来移动重石。重石也是水泥制。不论规模大小，全日本的酱菜工厂几乎都相同。就连作业流程也很类似。

穿着橡胶长靴的人小心翼翼地走在狭窄的渍物槽缘上。脚下一湿就容易打滑，水泥槽可是有两米深的。

我跟着厂长，走在渍物槽的边缘，有种快要踩空掉下去的感觉，吓出一身冷汗。

厂长一副老神在在的神情说：

"从农家买进的'一押'半成品，在这里进入正式腌制阶段。现在正要放入盐和米糠。"所谓"一押"，就是不晒生萝卜，而改以盐渍去除水分。和这里一样，日本全国大半的量产腌萝卜都是把费时的风干改成有效率的一押。

"这个槽里是即将出货的。"

厂长领着我四处看，但因为我是跟在后面的，不太好走。

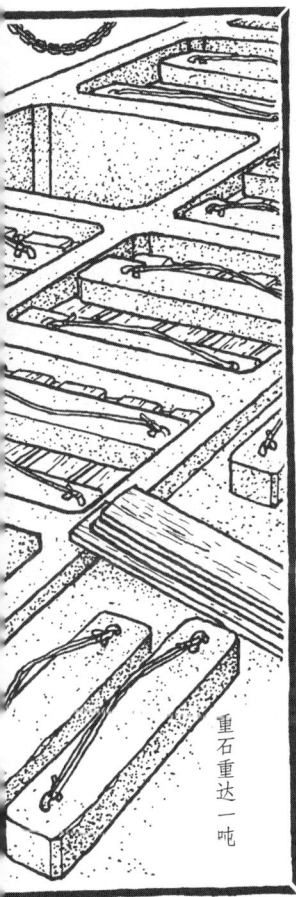

重石重达一吨

"有没有人掉下去？"

"有啊。下面没有萝卜时很危险。一不注意就……"

一听到这回答就更是举步维艰，不觉就蹲了下来。但我问的时机也不对，因为正好走到一座空槽缘上。一步步慢慢走回地面，终于生还了。

在隔壁栋里，工人将腌萝卜装进塑料容器，再真空封装。腌萝卜包装前的最后一项程序是加入黄色液体。我用手指蘸些尝尝。

"好甜！"

"是啊，确定味道和颜色之后才出货。"

"也就是说，人工甘味料、色素或防腐剂等都是在这个阶段添加的啰？"

听我这样问，厂长一阵沉默，突然很不高兴：

"你到底想说什么？不准添加的有毒物质，我们可是都没放喔！原料全部都是经过认可的，而且分量也是在容许范围内。请不要写些奇怪的事。"

我的问法好像不太对。反省之后道了歉。

"我们也曾经尝试推出不上色、不加甜味的腌萝卜，但也许时机太早，卖不出去。还是得做消费者会买的东西，否则公司就会倒闭了。

"近来市面上也出现了强调天然、无添加物的腌萝卜，但数量还很少。也许哪一天那样的腌萝卜会成为主流，但目前主流还是一般的'会卖的腌萝卜'。我们是一边调查顾客的喜好，一边按照他们的需求制造商品。"

"我很能了解您的意思，听说西边已经有所谓'白色腌萝卜'，无着色、无添加物。或许您也很清楚，但消费者的需求渐渐在改变呢。"

说到改变，练马萝卜在这一带已经消失无踪。也不采用传统的"练马风干法"，而改用"一押"。

我再次向厂长询问萝卜的品种。

"刚刚办公室的女职员说叫作'理想'。"

"因为是做腌萝卜最'理想'的萝卜。它是练马萝卜的改良种，专门用来做腌萝卜的。"

"哪里出产的呢？"

"和附近县市的农家签约栽种。委托的农家遍布埼玉县、群马县、茨城县和千叶县。"

"附近的农家还晒不晒萝卜？"

"虽然也有农家把萝卜晒干再出货，但数量实在很少。而且这样一来工资成本会提高，因此量产的酱菜商都使用一押的萝卜来进行加工。"

其他县的工厂有很多是买进生萝卜，在自家工厂水槽中进行一押，但这间工厂是委托农家做到一押再进货。说不定以前这些工厂是向附近农家买进现成的风干萝卜。工厂的渍物槽只用在正式腌渍，这样的确可以提高作业效率。

我又探问了其他关于萝卜的事，但他们除了自家采用的"理想"萝卜之外，一概不知。

时代在变，萝卜也在变

❖

（东京都·练马）

我走了一趟蔬菜批发市场。

东京有七个中央市场，其中一个就是神田市场。黎明前我便出发前往。

装满蔬菜的卡车、手推车来来往往，我却东张西望地穿梭其间，到处惹人责骂，只好仓皇逃窜。

早上 6:50 开始，偌大市场里几个地方同时进行拍卖。各种蔬菜的竞价气势磅礴地进行，外行的我却完全看不懂。

神田市场里汇集了供货商 308 人，以及身为买家的中盘和蔬菜商 2701 人。我的目标迟迟没登场，一直到 7:30 左右，好不容易才见萝卜现身。据说曾经闻名全国的练马萝卜近来已经销声匿迹，从市场上看来果真如此。

当天的拍卖没有练马萝卜，几乎都是三浦萝卜和青首萝卜，且看起来后者较占优势。

但一问才知道，实际上是三浦萝卜占多数，和青首萝卜约是六比四。

青首萝卜

1公斤

适合炖煮。磨成萝卜泥或做成酱菜也很好吃。（虽然口感有点软……）

绿色

7厘米

35厘米

从全日本各地来看，腌萝卜也是以青首萝卜为主力……

三浦萝卜

2.6公斤

50厘米

11厘米

好吃，但个头有点大。

怎么炖煮都不会烂糊，甜味也突出。生吃很好吃。

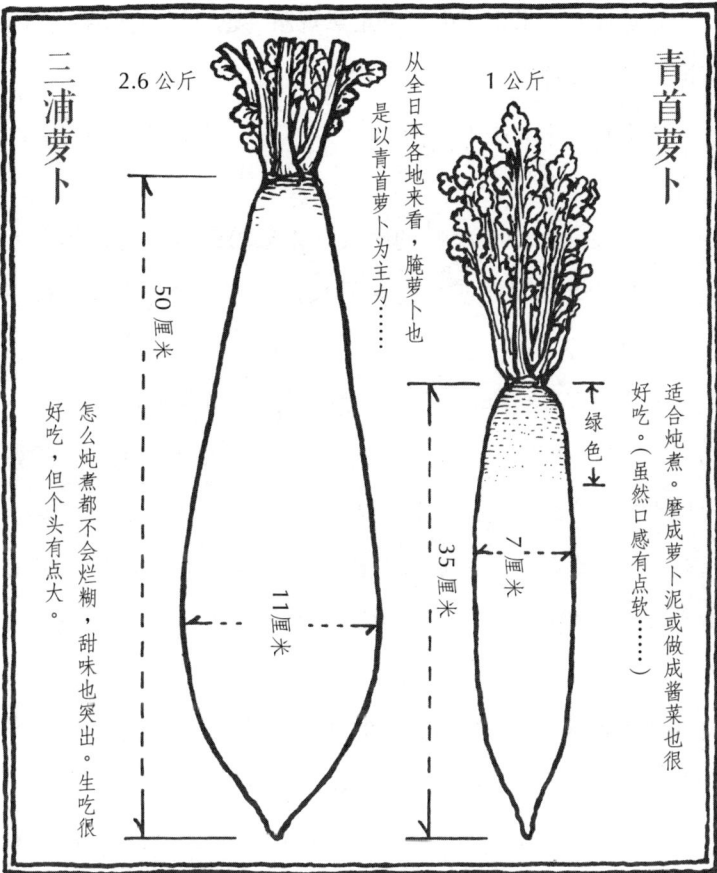

"但恐怕明年情势就会逆转，青首将居首位了。每年都以极快的速度成长。"

"东京青果株式会社"中村三郎先生如是说。大家都说，只要跟萝卜有关的事情，问他就对啦。

光是针对青果市场的萝卜定点观察，也可以看出随着时间流逝，世间种种的物换星移……

从昭和二十五年（1950）起至今，一直都是由三浦萝卜占居宝座。

特别在战后粮食短缺的时代，人们纷纷爱上这种体型巨大、分量十足的萝卜。而且它不只是大，不管怎么煮都很好吃，深得人心。

但是，近来这种萝卜反而因为太大，让人敬而远之。

"对于人口简单的现代家庭来说，三浦萝卜太大了，就算再好吃也吃不完，到头来变得很棘手，让人生厌。

"同样要吃，大家倾向选择大小适中、味道也很不错的青首萝卜。借由萝卜，可以看出演变到以小家庭为主的社会现状。"

好管闲事的我，原以为三浦萝卜衰微会直接冲击到主要产地三浦半岛的农家，但我的担心好像是多余的。

从全日本各地汇集而来的青首萝卜，很多纸箱上都印着"三浦产的青首萝卜"。

原来如此，看到农家的坚忍韧性，我不禁会心一笑。

反倒是原本全国知名的明星萝卜——练马萝卜，在市场上一根也没见着，实在凄凉。

"不是这样，虽然产量很少，不过是风干以后才出货。东京也还有人在家自制腌萝卜。但是市场不进生的练马萝卜，因

练马细尻萝卜的晒法
（复原图）

← 架木

圆木立起来，架木水平架在上面，就成了晒萝卜的工具。

地上1.4米

地底1米

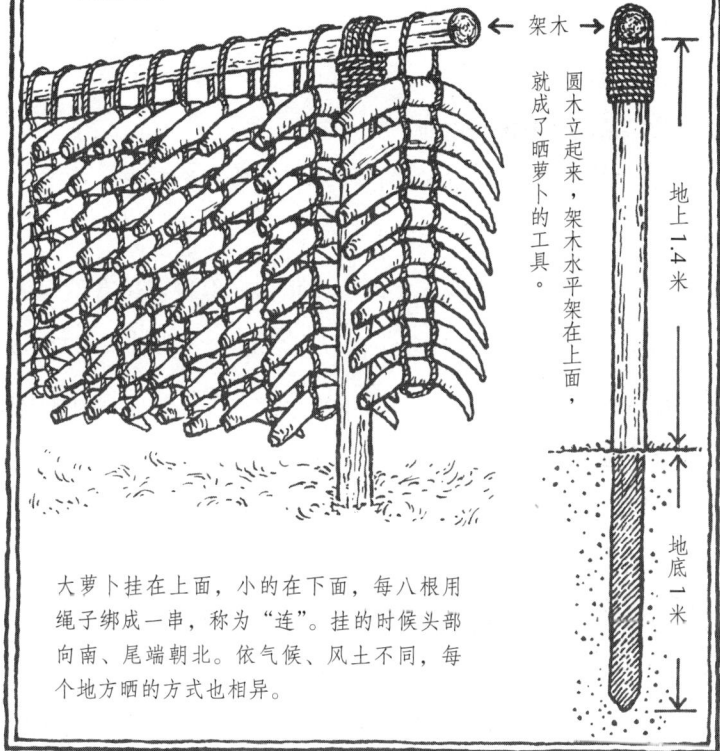

大萝卜挂在上面，小的在下面，每八根用绳子绑成一串，称为"连"。挂的时候头部向南、尾端朝北。依气候、风土不同，每个地方晒的方式也相异。

为生吃不好吃。在市场，人们把它称作'做腌萝卜的萝卜'。"

中村先生这么说。

练马萝卜为何消失，约略可以看出大概。"一提到练马，马上联想到萝卜田"，这已是很久以前的事了。

前些日子去采访酱菜商时，所到之处都不见萝卜田。

但是，听说练马区至今还有农会。"真的？"确认了好几次，似乎不假。决定去看看。

从池袋搭西武线，在"丰岛园站"下车。从车站搭公交车，第二站便是"练马农协前"。

"农协"位于东京市街的正中心，好像是个玩笑……但这是真的。

"虽然农地面积减少，比以前少很多，但目前还有不少人务农。意外地多哟。持有五公亩以上农地的农协社员有 2733人。如果再加上准社员，就有 12435 人。练马区总面积为 4700公顷，农地有 686 公顷。

"在东京的 23 区之中，农地面积最大的仍然是练马区哟。"

"真是抱歉，是我不够了解。"

顺便查了去年的资料，东京生产的高丽菜中，从练马区出货的竟然占 51%。

我又问了练马萝卜的事。这次回答我的是技术指导员山田良道先生，他在农会被称为"老师"。

"首先，请问为什么会消失？"

"原因很多，但我想最主要是随着都市发展，人口增加，农地减少。昭和二十二年练马区从板桥区独立出来，当时人口为 104107 人。去年 10 月的国势调查发现，人口已经增长了五倍，有 555970 人。

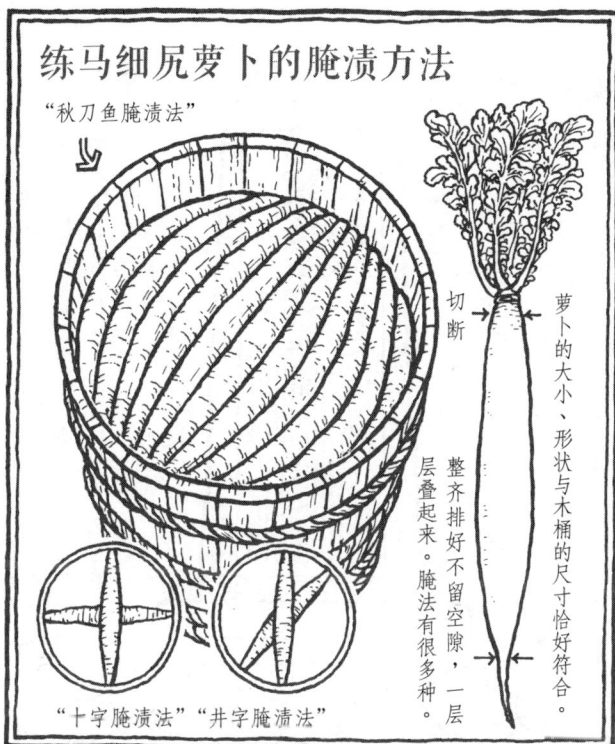

练马细尻萝卜的腌渍方法

"秋刀鱼腌渍法"

切断

萝卜的大小、形状与木桶的尺寸恰好符合。

整齐排好不留空隙，一层层叠起来。腌法有很多种。

"十字腌渍法" "井字腌渍法"

萝卜不管怎么吃都不会食物中毒，也就是可有可无。所以演技差劲、可有可无的演员被称为"大根役者"……

"练马萝卜不断随时代改良，主要品种有适合炖煮的'秋止'和适合做腌萝卜的'细尻'。但还是以做酱菜的'细尻'为代表。11月萝卜收成后，靠着阳光和风力把萝卜晒干。干燥的拿捏是腌萝卜很重要的一环。但房子一间间盖起来，冬天的风已经无法吹得通透……农地减少，加上自昭和八年以来发生

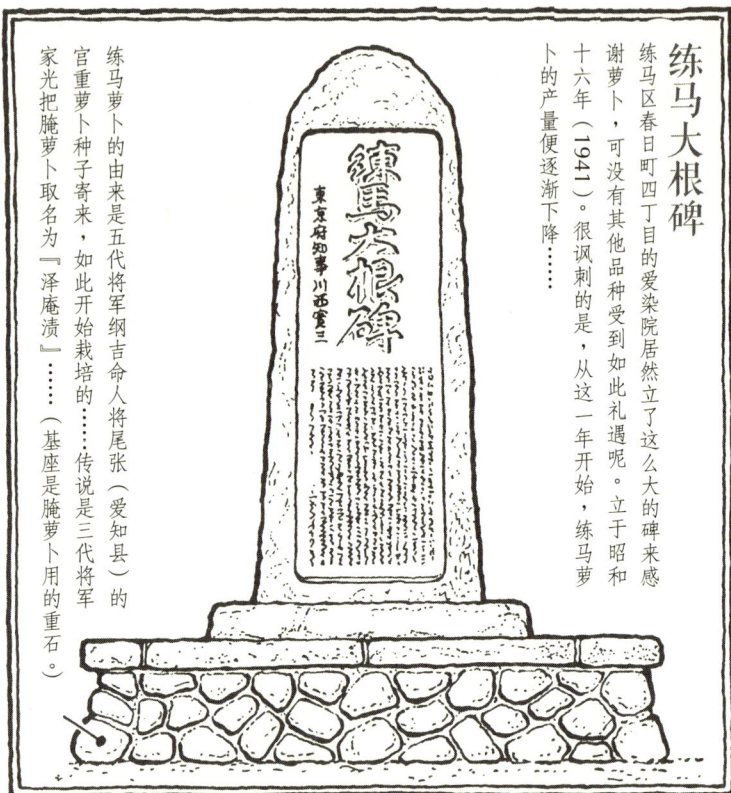

练马大根碑

练马区春日町四丁目的爱染院居然立了这么大的碑来感谢萝卜，可没有其他品种受到如此礼遇呢。立于昭和十六年（1941）。很讽刺的是，从这一年开始，练马萝卜的产量便逐渐下降……

练马萝卜的由来是五代将军纲吉命人将尾张（爱知县）的宫重萝卜种子寄来，如此开始栽培的……传说是三代将军家光把腌萝卜取名为『泽庵渍』……（基座是腌萝卜用的重石。）

的干旱，导致病虫害异常严重，都是造成练马萝卜逐渐式微的原因。

"在那之前并没有记录，但之后确实因为蚜虫和食心虫不断侵袭，只好放弃，练马生产的练马萝卜便成为收成不稳定的农作物了。"

出于以上背景因素，练马萝卜的主要产地移向周围的关东各县。现在栽种的多是改良过的品种，例如在练马酱菜商那边也听过的名字让人觉得怪不好意思的"理想"萝卜。

目前仍然有人努力要种出"练马的练马萝卜"，可惜的是量还少，无法因应大量需求。

"啊，对了！您知道为什么练马萝卜最适合做成腌萝卜吗？"

"因为味道、口感、风干后的状况，加上形状又讨喜。中央的部分粗，两端越来越细。这样在桶子里可以一条条排得很整齐，丝毫不留空隙，腌渍起来更有效率。

"经过不断改良，最后才研究出这样的形式，这是靠经验累积出来的智慧。只是最近都不用木桶，改用水泥槽腌制了。"

随着时光流逝，练马萝卜渐渐消失了。

如此心有所感时，突然觉得眼前的"大根碑"很像墓碑。

可是，练马萝卜还没有绝灭，子孙散布日本各地，依旧健在。

岩手县泽内村孩子们栽培的、宫崎县土吕久的腌萝卜都是练马萝卜，在其他地方也见过。每个地方的土壤都有适合的萝卜品种，很难评定哪种最好。但是一提到腌萝卜，人们会立刻想到练马萝卜，至今未变。这一点在各地都能得到印证。

（1989 年 5 月，除了部分批发业务外，神田市场大部分迁移至大田区东海。）

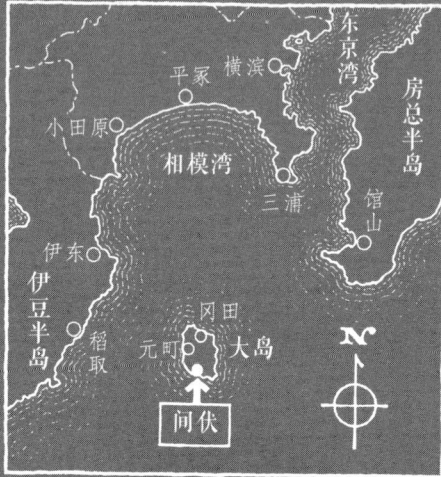

盐不只是咸而已

❖

（东京都·大岛）

"以前的盐真好吃。"

寻访腌萝卜的过程中，从南到北都听到这样的感叹。

"现在的盐，连用来腌萝卜也不好吃。和以前的盐有什么不同？我也不晓得怎么讲……"岩手县老婆婆的话一直盘旋在我的耳际。

的确，这不是因为今昔制盐方法不同，或是老人家无端感伤之类的说法就能解释的。

腌萝卜和盐密不可分。因此这次暂且离题，来说说盐的二三事吧。

首先从我和盐相遇的历史说起。

我是昭和五年（1930）生于神户。在海边长大。战况转烈、粮食和盐都极度缺乏之际，正逢我的少年时期。

"用海水来做盐吧！"我心想。

放眼望去就是汪洋大海，原料多到不行。

我找来两三个志同道合的朋友，商量之后计划自己制盐。

首先，在海边用铁锅汲取海水，一直煮。

煮海水所费的时间比我们预估的还久。为了持续煮下去，柴火捡得很辛苦，但最让我们愕然的是，好不容易得出一茶匙号称是"盐巴"的结晶，却苦得不得了。

经过这次才知道，原来光把海水煮干是无法制造食盐的。

苦味来自于镁，这部分还混在里头，必须想办法除掉才行。

也许朋友们对我那奇怪的"盐的研究"存有疑问，在苦味去除之前，就纷纷撤退了。

锅子边缘附着一圈白色的东西，那不是盐，而是石灰质成分，也就是钙。

我一个人搅拌锅子，不知失败了几次，最后终于领悟到，海水好像不能煮到干。

在快要出现结晶的时候，赶紧用竹篓筛过，这么一来，苦味就会连同水分一起滤过，剩下的就是近似盐的东西。

但大人们并不认为这就是盐。也难怪，因为还挺苦的，水分又多，而且红彤彤的，湿湿黏黏的。

颜色之所以变红，是因为铁锅的锈渗进盐里头了。虽然没有毒，但气味不好闻。光以成分而言，我想已经算是盐了吧……带着挫折感，我的制盐体验结束了。

之后我依旧兴趣未减，跑到同县的赤穗盐田，看到需要毅力的作业过程、形成苦味的成分比例，以及最后如何变成白色结晶等等，大感佩服。但从 20 世纪 70 年代起，盐发生了惊人的变化。制盐方法和从前大不相同了。

所谓"离子交换膜制盐法"是在制碱工业中开发出来的。

在这以前，制盐都是采用"入滨式"[①]或"流下式"[②]，海水在盐田里借由太阳的热能或自然风力蒸发，慢慢变成浓稠的咸水，再煮出结晶体，并去除苦涩。

而"离子交换膜制盐"是将海水中的各种成分变成带正电或负电的离子。方法是在海水槽两端导入直流电，再用离子交换膜把可以产出盐的离子水以高效率的物理方法收集起来，生成咸水。

也就是说，新旧制法根本上的差异在于原本是蒸发水分、留下盐分，而新方法则是留下水分，只收集盐分。公卖局宣称，"这种符合原理的制法以低成本生产高纯度的盐"。

"公卖局所谓高纯度盐是？"

"盐其实就是氯化钠，它的纯度越高，越能称得上是'好盐'。此前制盐的辛苦之处在于如何去除苦涩、减少水分，因此我们相信，氯化钠以外的杂质尽可能少的盐，就是好盐。"

以前的盐带有苦味，黏黏的，湿气重，水分多，又重。

现在的盐很干爽松散。餐桌上使用的食盐，其氯化钠比例

---

① 入滨式：将海水引进比海平面高的盐田。

② 流下式：利用向内陆倾斜的地形特征，将海水引进低地。

达 99.27%。有苦味的镁或钙只占 0.05%，含量非常少。

"所谓好盐，关于它们的风味，评价又是如何呢？"

"每个人的味觉有若干差异，所以这点我们无法回答……"

"我是听过以离子交换法制成的盐味道不好，或是用来做酱菜不好吃等等的说法。"

"东京都农业试验场的小川敏南老师专门研究酱菜，他的实验结果证明不会影响到味道好坏……也就是说，苦味的成分和滋味没关系。"

但是我觉得，正如同公卖局所说的，每个人的味觉有若干差异，因此不能就此断定"不会影响味道好坏"……

对于好不容易制造出"高纯度盐"而非常自豪的公卖局，以下的批判听起来非常刺耳：

"那根本不算什么好盐。他们关心的只是氯化钠的纯度，当成化学药品而已，那根本就不是盐该有的样貌。"

事实上有好几个团体都抱持类似主张。

"日本食用盐研究会"便是一例。这个公司对"公卖盐"的批判已经持续十年，现在仍独自研究制盐。办公室设在东京都涩谷区大山町，制盐的研究所则位于面海的伊豆半岛的间伏。

据说全年中持续进行制盐研究，我决定前往一窥究竟。

伊豆半岛闻名的山茶花已经谢了，缤纷落英把路面铺成一片红。我避开花儿小心翼翼走着，头顶上的樱花正逢盛开。冬天走了，春天来了，我仍追着腌萝卜跑。

44 岁的谷克彦所长带着三位年轻人一起做研究。

"对我们来说，所谓盐必须含有海水里的一切成分。盐的好坏，如果光靠生产效率判断，或仅以化学符号 NaCl 视之，氯化钠含量越高越好，不顾矿物质含量均衡与否，拿这种东西当成食用盐，不是很危险吗？目前我们知道，海水中的成分和人体的关系超乎我们想象。直到现在，海洋还是我们的母亲喔。有人推测生命的起源是 30 亿年前的海洋，而哺乳类登上陆地也不过才一亿年。"

他的说明中出现了令人头昏目眩的 30 亿年，甚至还拿出"海因里希演化图"。望着远方的水平线、一边谆谆说明的谷先生，看起来像个宗教家。

"生命是什么？仔细想想，实在不能以效率高、成本低等理由，以人工方式改变盐原本的成分及比例，这不仅不合理，而且不应该这样做。但是民间又不能制造、贩卖，因此就算有所质疑，不管消费者愿不愿意，也只能买到公卖局生产的盐。"

"在这里制盐，需要公卖局批准？"

"当然。是以实验研究的名目取得许可。事实上如您所见，我们是反复进行各种实验的。"

大岛研究所的制盐特色是只用太阳的热力和风力，使海水结晶。

如果不是亲眼看到，我一定无法相信，从头到尾完全不用

海因里希演化图……

海因里希（Ernst Heinrich）是德国生物学家，据推测，生命出现的历史约三十亿年，而胎或卵在成形、孵化的过程中，以极短时间展现演化的经过。羊水和海水的成分非常类似，浓度都是四分之一，这点被援引来证明动物是源自海中的。

初期的形体都很相似，人类也有鳃。 ▲

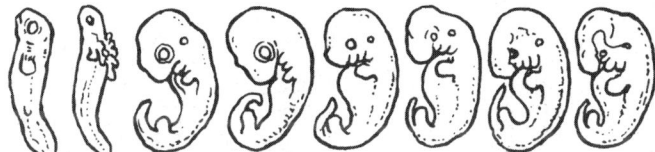

鱼　↑　乌龟　　↑　　猪　牛　兔子　人

山椒鱼　　　　鸡 （上图只是描绘外形，非反映实际大小。）

火，而是在常温之下花时间让海水结晶。这是为了尽可能不破坏自然界含有的矿物质比例。

研究所使用的是无动力抽水机，也就是不需电力，相当罕见。以海浪作为动力来源，叫作"海浪抽水装置"，正在申请

③从最上面洒下海水。在滴落的过程中靠风力
蒸发水分。重复四五次，使之变成比海水浓五
倍的盐水。

①原料取自太平洋。
研究所就盖在海边。

⑥过滤装置。过滤接
近结晶状态的盐水。

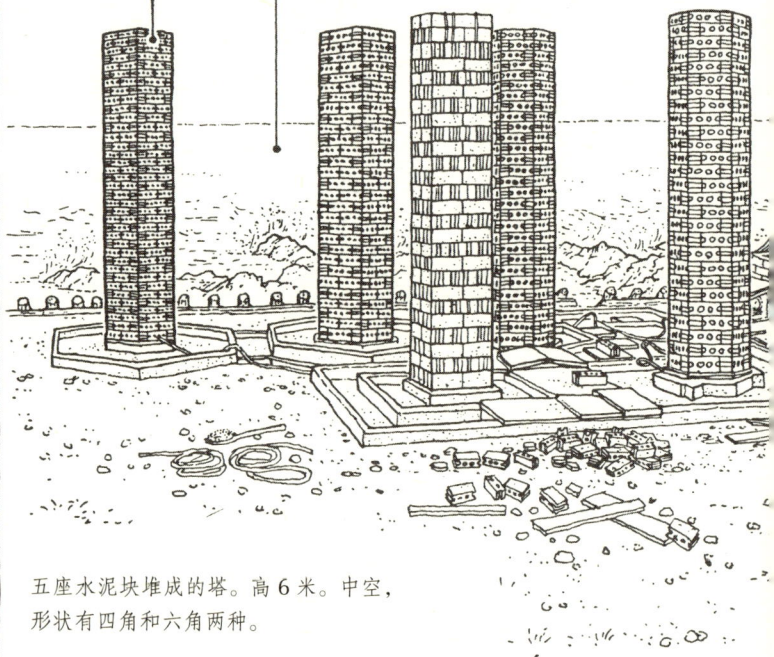

五座水泥块堆成的塔。高6米。中空，
形状有四角和六角两种。

大岛食用盐研究所

⑤蒸发箱的棚架。把盐水放进浅浅的箱子里，大约一两个星期，水分就蒸发了。

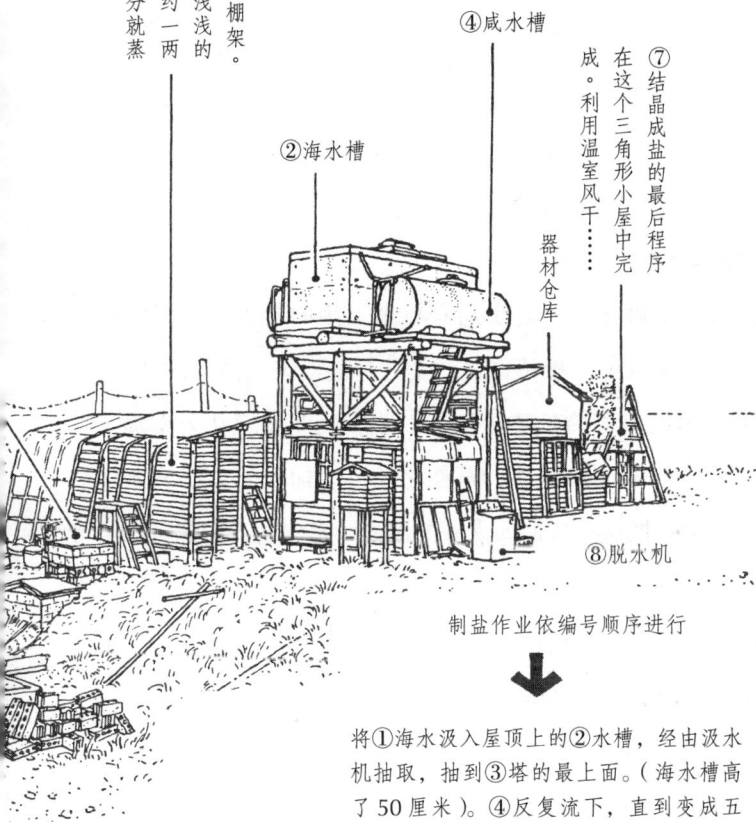

④咸水槽

②海水槽

⑦结晶成盐的最后程序在这个三角形小屋中完成。利用温室风干……

器材仓库

⑧脱水机

制盐作业依编号顺序进行

⬇

将①海水汲入屋顶上的②水槽，经由汲水机抽取，抽到③塔的最上面。（海水槽高了50厘米）。④反复流下，直到变成五倍浓的盐水，然后引到⑤里头的蒸发棚，继续浓缩。在⑥过滤。之后，在⑦的结晶箱里结晶，然后放进⑧，脱水除去苦味。

日、美、德三国专利。

"这里生产的盐呢？"

"发送给赞成自然盐运动以及资助我们的会员。虽然曾经被禁止……"

我也入会，拿到盐了。为了以不违法的手段得到没在市面上贩卖的盐……交了会费6000圆，拿回两公斤。公卖局的盐一公斤50圆，单就价格比较，实在非常贵。但是，这不是盐本身的价格，而是赞助研究的捐款。

这种盐的味道如何？

回家马上做比较。公卖局有餐桌上用的食盐和一般盐两种。另外我又买了三种特殊盐。卖的包装给人天然盐的印象，事实上是用墨西哥的日晒盐加工而成。民间业者从公卖局买入进口货，溶解加入盐卤，再使之结晶。加上大岛研究所的盐，共六种。把这些盐加入煮好的清汤，聚集友人一起做味道测试。

结果票数压倒性地投给大岛盐。也许"盐只是氯化钠"而已，但好吃的盐确实存在。

"盐是有味道的。"

即使每个人的味觉不一样……

我并不是要偏袒大岛的天然盐运动。老实说，我有些地方很马虎，不是那种会热衷提倡自然食品的人，但从中立的角度来看，我对公卖局的态度仍抱持着很大疑问。

主要是因为"盐公卖法"根本不合时宜。

明治三十八年（1905）立法时的背景，是为了日俄战争征调军费。

不单是日本，自古以来，世界各国都将盐视为国家财源。

立法当时，一公斤七钱五厘的盐，在明治四十二年日俄战争结束时，降到六钱二厘，大正五年（1916）又降成四钱八厘。大正八年，当国家财源不需再仰赖盐产时，"盐公卖法"做了修订。目标是有点奇怪的"自给与平稳价格"，而"盐公卖法"就此施行至今。

"盐公卖法"是否还有存在的必要？消费者应该有选择盐的种类、价格的权利。

顺道一提，现在仍然实行"盐公卖法"的国家和地区包括中国台湾、缅甸、澳洲、古巴、哥伦比亚、秘鲁、意大利、希腊、土耳其、埃及、匈牙利、保加利亚、罗马尼亚、叙利亚、苏丹、捷克、阿尔及利亚。

（采访后第四年，日本公卖局民营化，盐由日本烟草产业"股份有限公司"的盐专卖事业本部处理。）

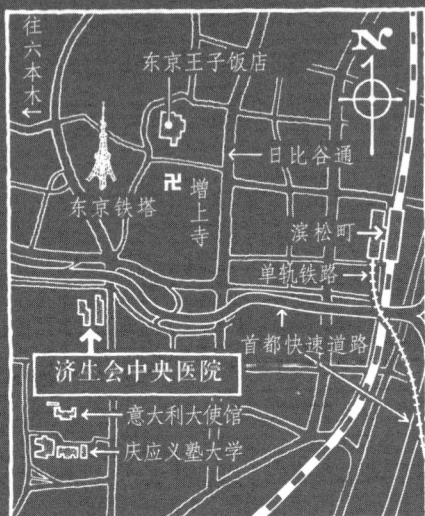

往六本木←

东京王子饭店

←日比谷通

增上寺

东京铁塔

滨松町 →

单轨铁路 →

首都快速道路

济生会中央医院

←意大利大使馆

←庆应义塾大学

向厉害的肾脏致敬！

❖

（东京都·港区）

舔舔血，味道有点咸咸的。

"血很像稀释过的海水。"

小时候听过的事如犹在耳。

从腌萝卜想到盐，再从盐想到血液，进而跳到洗肾。

洗肾费用相当昂贵，到底是使用什么样的器材？如何进行的？我实在很想知道。

我并不是硬要把腌萝卜跟洗肾扯上关系，但听说洗肾时使用的透析液里头加了盐，也就是盐水。这么说来，也不是毫无关联，于是擅自决定改变采访主题。

我有个去医院洗肾的朋友早野寿郎先生，是舞台剧导演。先去问问他。

"肾脏这家伙，实在是很神奇的器官哩。健康的人可能没什么感觉，它负责过滤体内废物，变成尿液排出体外，所以一旦不运转，体内毒素就无法排出。如此一来废物累积会变成尿毒症，甚至会死人。大家都知道'排尿就是排出废物'，却很少人了解能上厕所哗啦哗啦尿尿是件很幸福的事。

"我已经开刀拿掉一个肾脏，剩下的那个也不行了。所以得靠洗肾。一星期去医院三次，用管子把血抽出来，用透析液全部洗过，再注回体内。洗肾那天一定要到医院报到，不洗肾我就玩儿完了。"

"我记得是昭和五十四年年底吧，你曾经紧急住院，对不对？"

"是啊。肾脏一直都不好，但那次真的差点死掉。尿不出来，全身浮肿。小泽昭一先生看到我就说：'笨蛋！马上去住院！'结果我还说什么'做完这工作再去'。后来医生大发雷霆，'现在不住院，马上就会死！'托他们的福，终于捡回一条命。"

"我听说是很严重的尿毒症，情况很糟，令人担心……"

"是啊，再晚一点就没救了。洗肾之后就消肿了，毒素也排出体外，复原了。之后也才能和河童先生一起工作。那出戏真是很有趣哩。"

早野先生说的"那出戏"，是昭和五十五年（1980）九月在新宿的纪伊国屋剧场上演的《等待戈多》。早野先生年底病倒，不到半年就复出——复原之快速令我们惊讶。

当时我负责舞台设计，那出戏是前卫剧作家贝克特[1]的作品，艰深难懂，但通过早野导演的诠释，变得浅显易懂又

---

[1]　贝克特（Samuel Beckett, 1906—1989），荒诞剧作家。

有趣。

他起用的两个主角与新剧①完全没渊源，是漫才双人组"圣·路易"。

早野先生说明自己的执导方向：

"这出戏并不艰涩喔。或者说，人活着的这件事本来就充满了喜剧性，只要把悲伤的荒诞面凸显出来，引人发笑就行了。我想导出有趣又滑稽的戏。"

和他一起工作时，我常会想，他那股活力开朗到底是从何而来的？

早野先生原本身体就不好。大约在二十年前，长了坏疽，左大腿以下都切除了。之后走路都得靠拐杖。

"我不是自我安慰，也不是逞强装帅，我真的觉得活得很幸福。"

听他这么说，我觉得早野先生变得十分耀眼。

"我可以去看你洗肾吗？"

"欢迎欢迎，每周二、四、六上午9点开始，无论如何都会去报到。"

虽然约好了，我却很害怕。首先，我很讨厌看到血，一看就发晕。结果到约好的那天，我临阵脱逃了。

加上我对肾脏还一无所知，就这样跑去看洗肾，有点对

---

① 新剧：相对于能、狂言、歌舞伎等传统戏剧，明治末期以来，受到西化影响，出现许多反映现代生活的戏剧，通称新剧。

不住……

想做点功课再去，于是翻了一些医学书籍来看，还真难懂。

不晓得有没有这方面的专家，可以像早野导演一样，把很难的东西变得简明易懂又有趣？

我先去请教赤坂"前田外科"的前田昭二院长。

原先我也不好意思向他问东问西，但前田医师很亲切，即使半夜打电话问他"要怎样做才能替小孩止住鼻血？"他也会很热心地详细讲解，于是就不客气地向他请教了。

"这方面的事，可以去找庆应大学肾脏内科的加藤英一医师。他学识很渊博，不只肾脏，连医学的各个面向、社会观察等等艰涩的事情，他都能讲解得既简单又有趣，很厉害呢。"

见了面之后，果然如院长所说。加藤医生讲起话来明快利落，有趣到不禁觉得只有一个人听实在浪费呢。

"在美国，肾脏被称为'个头虽小，能力不小的科学家'。两边加起来 250 克，差不多只有体重的两百分之一，却把非常重要且复杂的工作处理得很好，所以才会有那样一句话来赞美它。"

由这句话开始了两个半小时的密集解说。非常可惜，无法在此一一复述。

"我们每天吃吃喝喝，吃的时候却没去想到底吃了什么、吃了多少。事实上，我们吃的食物种类繁多，量也不小，这些都是靠肾脏在处理的。它帮我们把多余的排出体外，反之，如果缺乏，就会储存起来。我们体液的离子浓度或酸碱度可以维持在一定范围，都是拜肾脏所赐。"

我拼命抄笔记，心想何时才会提到盐分呢？

肾脏不好的人可以靠洗肾，那为什么透析液或血液中会含有盐分？为了解这部分才会从腌萝卜跳到这里来，真想赶紧把话题转到这上头。

虽然迟早总会谈到，而且明知中途插问很没礼貌，我还是忍不住发问了：

"这个……请问血液里为什么会有盐？"

简直像小朋友打电话到广播节目"儿童问答热线"会问的问题。

加藤医生脸色没有不耐，仍旧一一讲解：

"人的身体是由细胞聚集构成的。细胞各自发挥自己的特长，例如脑细胞负责'思考'，眼睛的细胞呢，如果遇到光线太强，'光圈就会变小'。就像大企业一样，各自分工。每个部分要能工作，当然就需要能量，而能量就是靠血液运输的。

"血液的功能不只是将营养输送到细胞，还要负责把产生的废物带走。就像一般公司的'物流'。而要进行这项'循环'的工作，必须要有盐分，也就是钠离子。"

"原来如此。如果没有盐分，血就没办法完成'物流'工作了。"

肾小球（过滤装置）

血液进入肾小球后，在流动过程中经由微血管壁将废物滤出。

微血管 动脉端

人体内有 200 万个肾小球

静脉端微血管

尿液 →

肾小管

洗肾

洗肾是模仿血管壁的过滤构造，利用人造半透膜，过滤血液中的废物。血液和透析液通过人造半透膜前后接触数次，不停循环，以达到净化血液的效果。

血液　透析液　血液　透析液

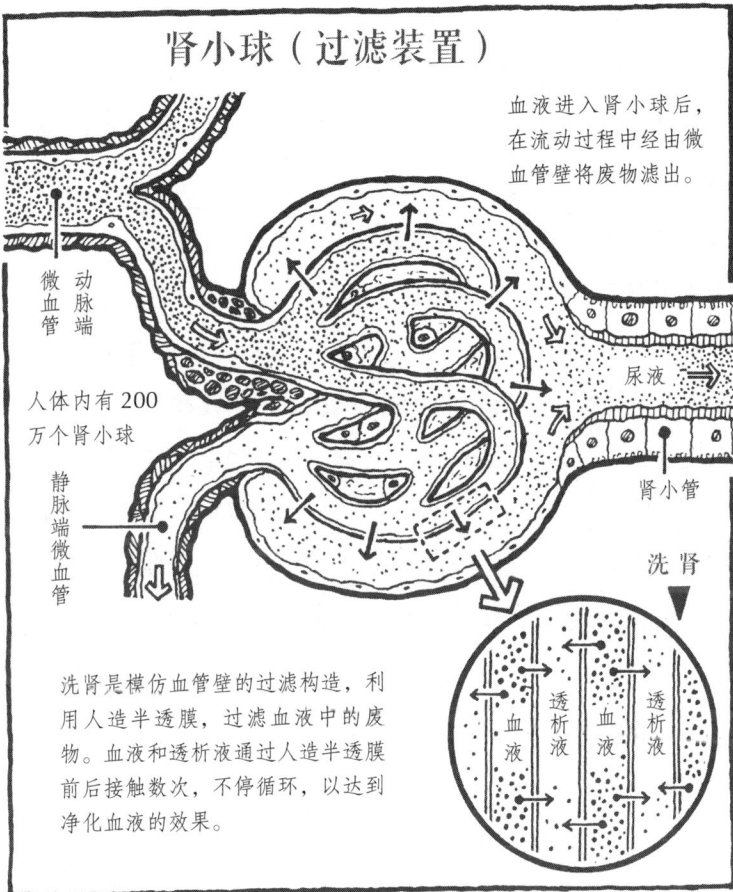

　　"虽说如此，也不必特地摄取盐分。以前认为每人每天要摄取 20 克的盐，特别是大量劳动或运动量大、流很多汗的人。现在一般只要 10 克就非常够了。意思是顶多 10 克，比这少也无妨。"

"因为盐分摄取过度会导致高血压、脑溢血吗？"

"这种说法已经变成众人皆知的常识，但真正的原因呢，是血液中的盐分一增加，就会进入血管壁。血管壁有很多的钾，盐分一进入，钾就会跑出来。钾其实应该留下来的，但不管是盐分里的钠离子，或者钾离子，都是带正电的，会互斥。钾离子跑出来，钠离子跑进去，会改变正常的比例。不好是不好在这里。因为血管会浮肿，血管壁变厚、内径变细变窄。如果将血管比喻为高速公路，这种情况就是单线道了。而且遇到会引起血管收缩的物质，反应可能会比较严重。意思是，道路很容易毁损。假设道路变窄，车流量却没减少，后果如何？那就像假期载着家人出游的车子拥上高速公路，偏偏这种时候技术不好的驾驶还特别多，很容易发生事故，像是擦撞追尾之类的。"

加藤医生说着说着，就把我的笔记本拿到他面前，画图解说起来了。

"所谓血压升高是指？"

"如果把橡皮水管开口捏窄一些，水就会喷出去吧？这是因为水压升高。血液也一样，如果流经狭窄的血管，血压就会升高。而在血压高的情况下，血液在狭窄血管内剧烈地摩擦管壁，如此一来，血管容易受损，这就糟糕了。这时候，在胆固醇中被视为坏蛋的'中性脂肪'或'低密度脂蛋白'这类密度较低的脂肪，容易附着在血管壁。相反的，可以处理这种状况的高密度好脂肪，例如‘高密度脂蛋白’，就被挡住进不去了。于是不好的胆固醇渐渐堆积，引起‘动脉硬化’。"

"我懂了。那接下来要请教的是，为什么动脉硬化很可怕？麻烦您回答这个幼稚的问题。"

"原本有弹性的血管一旦硬化，会变得脆弱，容易破裂和阻塞；这时如果有高压的血液流过，情况就很危险了。脑中风就是这种状况。脑血管破裂称为脑溢血；如果有阻塞的状况，容易变成脑软化症①。如果心血管阻塞就是心肌梗塞；心血管壁产生痉挛，就是狭心症。简单说明就是这样……"

"为了避免这种情形发生，要注意盐分的摄取。也就是说，腌萝卜之类的食物最好少吃啰？"

"不能跳得这么快。确实要注意盐的摄取量，但不是针对腌萝卜。腌萝卜这种很咸的东西，原本就吃得少吧。因为太咸了，自然吃不多。我想更应该留意的是平常不太注意、不知不觉就塞进嘴的食物。例如加工的快餐品或零食等等，所含的盐分比想象的还要多，吃多了就有问题。

"另外，要提醒的是，光留意盐还不够，也要注意钾的摄取。钾在蔬菜水果里含量很高。近来很多人爱吃盐分高的零食，但相对的，蔬菜水果吃得少，也就是对钾的摄取量变得不足。虽然我不是在做广告，但‘一定要吃蔬菜喔！’"

---

① 脑软化：因血管阻塞而造成营养不良产生的症状。

"为什么钾是必需品？"

"我刚说过，盐分，也就是钠，是进行血液循环时不可或缺的。血液把营养输送到细胞之后，接着由钾离子在细胞内进行复杂的工作，所以需要大量钾离子。我刚才也说过，血管壁里有很多的钾。钾不只被运到血管中，甚至深入到各个细胞里头，负责的工作非常重要。"

"虽然需要很多钾，但要不要注意摄取过量的问题？"

"请不要担心。如果摄取太多，肾脏会把多余的钾排出。总之，盐要吃得比所想的少，蔬菜要摄取得比所想的还多。"

"有这样一份学术报告"，医生的话题突然跳到南美。

"最近，有一支调查队，为了建设纵贯道路，深入委内瑞拉和巴西交界的丛林地带，在深山里遇到一个'亚诺马莫族'①。令人惊讶的是，他们几乎不吃盐。从 20 岁以上到老年人，大家的血压差不多，舒张压 60，收缩压在 100 左右。血压非常低，而且很稳定。他们的食物是香蕉、树果、野草等等，少许河鱼，每天吃到的盐居然少于 0.3 克，和日本的 10 到 15 克比起来，实在少得惊人。相反的，他们的钾摄取量是我们的五倍之多。"

"只吃那么少的盐？是因为盐很少，没办法才变成这

---

① 亚诺马莫族（Yanomamo），历史可溯及石器时代，被归类为新印第安族，生活在亚马逊丛林里，是目前已知文化保存最完整的原始部族。

样吧。"

"也许正因为当地产盐不多，才造成不吃盐也没关系的习惯，即便如此，他们的存在证明了人就算只吃一点点盐，也可以活。"

"您刚刚说'习惯'，意思是想吃盐并非出于本能啰？"

"一般认为是本能，其实不然。将盐的浓淡当作味觉的一部分，这是后天学来的。以前盐非常珍贵，人们吃的量应该比现代人少很多。现代人的饮食生活需要再检讨。"

加藤医生有问必答，并且尽可能先交代基本概念。这类知识或许在拜访前就该具备，但是我翻看的书都没讲解得如此简明易懂。

既然有这机会和肾脏权威碰面，当然也要谈谈肾脏……

"现在大家都知道肾脏是过滤废物的器官。一般认为是德国医生卡尔·鲁道大发现了肾脏的功能，事实上，在那 37 年前，1805 年有个名叫伏屋素狄的日本汉医，以毛笔写就《荷兰医话》，之中就已发表了论文。

"更令人惊叹的是，甚至还描写到非常细节的部分，例如'肾脏上像帽子的副肾，负责制造调节盐分量的荷尔蒙'。后人的研究证实那就是所谓肾上腺，的确会分泌荷尔蒙，同时肾脏本身会分泌可调节过低血压的'肾激素'（蛋白质水解酶），发出让红血球成熟的指令的'红血球生成素'，使血管适当扩张、促进脂肪代谢的'前列腺素'，这些都是重要的荷尔蒙。"

关于肾上腺和肾脏分泌的荷尔蒙，加藤医生讲解得非常详细，但在此先省略。素描本两页都写满了关于肾脏分泌荷尔蒙的笔记，实在是抄不完。

"肾脏的功能不只这样。"

加藤医生继续说：

"肾脏会过滤血液、排出含有废物的尿液，但这些尿液经过肾小管时还会进行'再吸收'，也就是把丢掉太可惜的有益成分回收起来。洗肾只能过滤血液，无法做到这一点。肾脏还有许多功能都不是人力可以完成的。你去看洗肾时，可以再多问问。"

虽然是临阵磨枪，却已经让我对这个"个头小能力可不小的科学家"有了充分了解。既然做好了事前准备，我终于下定决心去参观洗肾。

早上 8:40，来到东京都港区赤羽桥的济生会中央医院。

洗肾室里并排着 10 张床，护士们为了 9 点开始的洗肾作业忙碌着。

8:55，早野先生来了。放下拐杖，单脚跳上体重计。洗肾前后都必须量体重，以确认过程中排掉多少水分——等同排尿一般。

虽然不是我洗肾，我却紧张得不得了，在我还没做好心理准备前，洗肾已经开始了。

早野先生躺在床上，右腕插着针。马达运转着，被抽出来的鲜血在透明塑料管里流动。

密封的塑料容器里有 4000 根 30 微米的细管，瞬间都变红了。血液流经塑料管，抽出的量好多！好红！看得我脑门充血，眼前突然一暗，站不住蹲了下来。

果然还是不行。

虽然很不好意思，没办法，只好到隔壁的职员室把脚垫高，躺了一会儿。

这时突然想起一个人。早野先生的朋友风祭修一先生，是一位配音员。

他也洗肾。不过那是 20 世纪 60 年代后期。

当时洗肾不在保险给付范围内，费用必须自己负担。一个月得花上五六十万，非常吃力。夫妻俩为了筹措医疗费拼命工作，赚的钱全用来洗肾，只为了维持他的生命，洗他的血。

有一天，像是道别似的，他和好友打了麻将，之后什么也没说，自己决定停止洗肾。当时有很多人耗尽家产，筋疲力尽，最后以自杀收场。

护士过来看我的情况，笑着说：

"早野先生担心地问你还好吗？"

与其说是不好意思，倒不如说是很抱歉。

"突然起身又会头昏喔。还是再躺一下吧。早野先生也还在床上，洗肾得持续三个半小时，所以不必急着起来，时间还很充裕。"

"不用了，我想应该没问题了。我要画素描，还有和医生谈话也需要时间。"

深呼吸之后，我再次进入洗肾室。

戴着耳机听广播的早野先生安慰我：

"好像还是太刺激喔。对头一次看到的人来说，会觉得很受冲击吧。"

被他这样一安慰，我更不好意思了，吞吞吐吐说些不成理由的理由：

"因为突然变得一片血红嘛。而且量多得吓人呀。"

这间洗肾室是治疗室，不是一般病房，所以没有探病的人。突然跑出一个充满好奇心的家伙，对护士或洗肾病人一定都造成困扰。我想尽可能保持安静，但引起我兴趣的东西实在太多了，最后还是到处走动，问了很多问题。

"第一次遇到有人想尝透析液的味道。"

护士们觉得很有趣，笑成一片。

从1972年10月1日保险规定修订之后，洗肾不需自费负担。在那之后，病患不必再担心钱的问题，可以安心洗肾了。

不管由谁负担，洗肾的花费确实很高。洗肾曾经被指责吃掉健保太多钱，还有部分医生会虚报费用。但是这种保险制度对失去肾脏功能、需要靠洗肾来维持生命、继续正常生活的人来说，帮助极大。既然我亲眼看到，就必须写出来让大家明白。

我向专攻洗肾的内科医师山本胜先生请教。一如往例，请他尽量以浅显易懂的方式说明。

"早野先生现在用的透析器是圆筒形，还有另外两种。"

虽然话题才刚开始，但听他这么一说，我当然想马上看看。

是四角形板状的。依患者的需要选择使用。

"以血液泵抽出、经过管子流到体外的血液，会进入透析器。这里面的细管是类似玻璃纸的半透膜做成的。血液在管子中循环时，隔着膜与透析液接触。这样重复好几次，透析器就能和肾脏一样完成过滤排泄的功能。也就是说，废物与水分一起渗过薄薄的半透膜，集中到透析液里，如此一来，血液就被洗干净了。"

但是山本医生继续说：

"机器确实能将血液中的废物及水分一起排出，但可惜的是，功能也仅止于此。

"肾小管不但进行'再吸收'，还会分泌很多种荷尔蒙。机器实在是比不过肾脏，因此不敢称它为'人工肾脏'。现阶段还是只能称为洗肾。"

他一边评价洗肾机的功能，同时强调肾脏的厉害。

"还有一件事，同样是进行'过滤排泄'的程序，但有一点在根本上完全不同。肾脏从来不休息。相对的，洗肾只有在

床边监测荧幕（用来监测患者的情况）

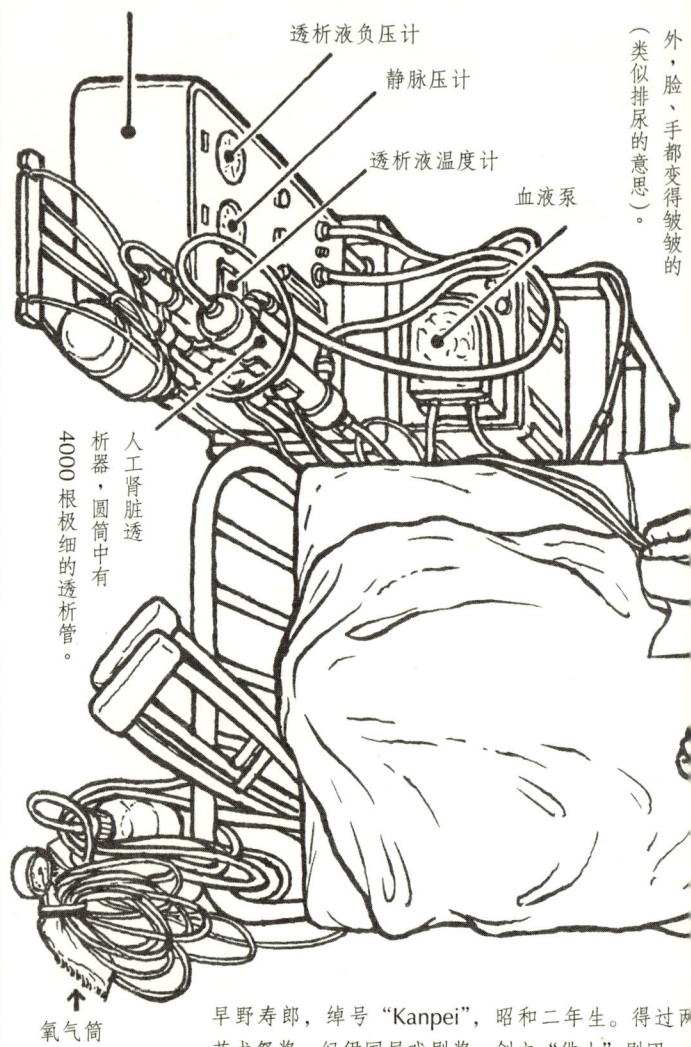

透析液负压计

静脉压计

透析液温度计

血液泵

（类似排尿的意思）。

外、脸、手都变得皱皱的

人工肾脏透析器，圆筒中有4000根极细的透析管。

氧气筒

早野寿郎，绰号"Kanpei"，昭和二年生。得过两艺术祭奖、纪伊国屋戏剧奖，创立"俳小"剧团。

洗肾

人工透析液的说明书上写着："无色至淡黄色，清澈浓厚的电解质液体，有特殊的气味和咸味。""可以尝一下味道吗？"对方说："请！"我尝了一下，咸味是因为有氯化钠，酸臭味是因为加了醋酸钠。

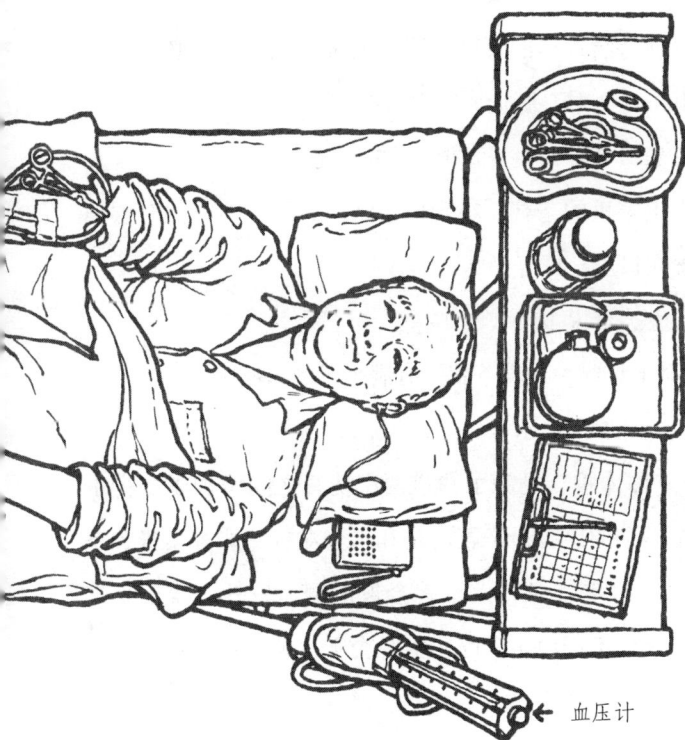

← 血压计

机器运转时才有作用。这点差异非常大。喝了许多水之后，普通人只要常跑厕所，排出刚刚喝进去的量就行了。即使在睡眠中也会有尿意，这就是肾脏 24 小时都在工作的证据。

"但是洗肾是将囤积了两三天的水分、废物在三四个小时内排出来。一方面，现行的医疗保险制度最多只给付每周三次的洗肾费用，过一般生活的人也没办法长时间卧床。和其他病症不同的是，洗肾病人只需要清洗血液，其余的日常生活都不受影响。肾功能不全的人要避免体重增加，简单说，水分是大敌。洗肾机和持续运作的肾脏不同，大量囤积的水分必须在短时间内排出，这会对心脏造成很大负担。"

这么说来，早野先生一直很注意的是水分。

早野先生家里的茶杯，小到像小酒杯一样。他喝的时候把微温的茶含在口里，好好品味之后才咽下去。

早野先生笑着说：

"我学会了只要一点点茶就能有满足感的喝法呢。"

总之不能过度摄取水分。

"洗肾前称体重，是为了知道两次洗肾之间增加了多少水分。肾功能不全的患者最辛苦的是和水分对抗。那种紧张关系就像是和水分打拳击。一大意就会被击倒。另外，盐也是禁忌。腌萝卜就更不用说了，吃了喉咙会干。钠也不行！再来要注意的是，不能摄取钾。"

"咦？蔬菜水果也不行？"

我听过盐不能吃，但连钾也不行，这就……

"拥有健康肾脏的人可多吃蔬菜水果。多余的钾会排出去，不会留在身体里，离子浓度会保持恒定。但洗肾的人就办不到这点。排不出去的钾会囤积在体内，结果很严重。肾脏不能发挥作用的话，钾就会变成敌人。因此蔬菜、水果也严格禁止。"

越听越觉得肾脏真的很厉害。

敬佩于肾脏的伟大，医学界也不断努力研究突破。例如"连续可活动性腹膜透析"，以及在家洗肾等研究，都持续进行着。

中午 1 点洗肾结束。

早野先生等不及护士帮他把手腕上的针拔出来，自己动手了。连续四个小时不动，一定都麻了。

"哎呀，让您久等了。一起去吃个午餐吧！"

出了医院，到他常去的荞麦面店，盘腿坐下来。

点了天妇罗面。

"河童先生，今天辛苦了，一定累了吧！"

"刚好相反吧？早野先生每个礼拜得去医院三次，这才累吧……实际上看了之后，发现比先前听到的还辛苦。早野先生曾经说'觉得自己活得很幸福'，你是如何接受事实的呢？"

"就是字面上的意思呀，我很幸福。我不认为靠洗肾活着是一件不幸的事。真的。我真的觉得很幸福。"

"为什么？"

"看着自己在体外流动的血液，我可以察觉'生命终究有其界限'。

"健康的人，生命一样有限，但并不是随时都意识到这件事。因为有这样的身体，我才了解到什么是'活着'，还有什么叫'珍惜当下'。"

这些话带给我很大冲击。

这么说来，我只是活着而已。我不认为生命是无限的，但也没有强烈意识到生命的有限。

早野先生笑着说：

"能在生活中确认自己'活着'，真的很幸福。当然工作时也是，吃东西时也是。像今天这样能来吃面，想想真是件幸福的事啊。这种话从口中讲出来，真是令人害臊。"

笑不出来的我只是吸着面条。

那时突然想起谷川俊太郎的《活着》这首诗。

所谓活着

就是现在活着

就是喉咙会感觉干渴

就是艳阳下的树木让人炫目

就是不经意想起某首旋律

就是打了个喷嚏

就是牵着你的手

......

记得后面好像还有。

荞麦面屉笼旁边的小碟子盛着腌萝卜。早野先生当然没吃。

"河童先生，不必在意，请用吧。"

被这么一说，不吃反而不自然，我小心将腌萝卜放进嘴里。嚼起来声音意外地大，让我不知所措，只好稍作掩饰，细嚼慢咽。

"咬得咔嚓咔嚓的，听起来很健康，很好呀！"

早野先生又给了我台阶下。

从他身上我又学到了，"从嚼腌萝卜的声音中，可以品味健康的滋味"。

（早野寿郎先生于受访第二年逝世。）

成城学园前

往新宿 →

堀先生家

小田急线

东宝映画摄影所

环状 8 号线

世田谷通

东名高速道路

N

世田谷区

多摩川

多摩堤通

用心腌制的社长萝卜

❖

（东京都・成城）

《边走边啃腌萝卜》连载之际，有一位堀威夫先生来电。

"我自己也腌萝卜，因此非常感兴趣……"

我常接到这类电话，应对时总是战战兢兢，尽量回避让对方说出"送一桶给您"或"希望您来尝尝"的话……但这一次和以往不同。

"不晓得能否请您一起用餐，以您的腌萝卜见闻当配菜，边吃边聊呢？什么时候都可以。我想您一定十分忙碌，但每天还是要吃晚饭吧。如果能找一天晚上……"

相当明快且具说服力。言谈之中才发觉原来这位堀先生是"堀经纪公司"①的社长。

虽然没和他碰过面，但认识他的朋友说：

"是个很有趣的人哟。一提到腌萝卜就浑身是劲。为了分送腌

---

① 堀经纪公司：日本首屈一指的经纪公司，旗下有和田秋子、深田恭子、优香等知名艺人，经纪范围扩及运动选手、文化人。

萝卜，从家里带去办公室，员工们闻到味道都很受不了，但因为是社长的嗜好，抱怨不得。碰面看看吧？我想你们一定谈得来。"

堀先生那么喜爱腌萝卜的话，反倒是我想听听他的萝卜经呢。于是马上去敲定时间。

一见面，堀先生先打了招呼：

"还请多多照顾郁惠。"

说到这个，榊原郁惠小姐主演的舞台剧《彼得·潘》由我负责舞台设计。

"嗯，那个就暂且搁下。"堀先生说完便从经纪公司的社长摇身一变成了腌萝卜通，工作完全摆一边，大聊特聊腌萝卜。

他招待的"用筷子吃的西餐"实在美味，但吃的明明是西餐，却拿腌萝卜话题当配菜，从头聊到尾，简直让人觉得对不住店家了。

看来这不是第一次，因为店里的人说：

"没关系，已经习惯了。我们也听得津津有味呢。"

堀先生一直没要我尝尝他做的腌萝卜，结果我自己终于忍不住开口：

"好想吃吃看啊。"

怪的是，如果别人硬要我吃，我便感觉要打嗝似的，光听到那样的话就焦躁不安。

心想堀先生是以退为进，其实并非如此。

"今年的已经没了，请等到明年吧。"

试吃就此暂缓了。

赶不及《周刊朝日》的连载真有点可惜……

《边走边啃腌萝卜》即将集结出书时，我问：

"如果可以的话，可否等一年再出？还有一些想补充的……"

一方面想收录堀先生的腌萝卜，还有《日本海的腌萝卜》及《腌萝卜海外篇》等等。

图书编辑室的 U 先生笑着答复：

"那就等您吧。缓一下也好，不然变成'腌萝卜厌烦记'可就伤脑筋了……"

也因此，从这篇"堀先生的腌萝卜"开始，都是一年后再去采访新写成的。

我从新宿搭小田急线在"成城学园前"站下车，照着地图前往拜访。突然，一股浓浓的腌萝卜气味扑鼻而来，心想一定就在附近。幽静的住宅区里有栋房子散发出熟悉的田园气味，应该就是堀先生的家了。

那股味道实在太浓烈，我按电铃的时候忍不住扑哧笑了出来。堀先生问：

"味道有那么重吗？"

我抽动鼻头嗅了嗅：

"桶子应该是摆在下面车库吧？"

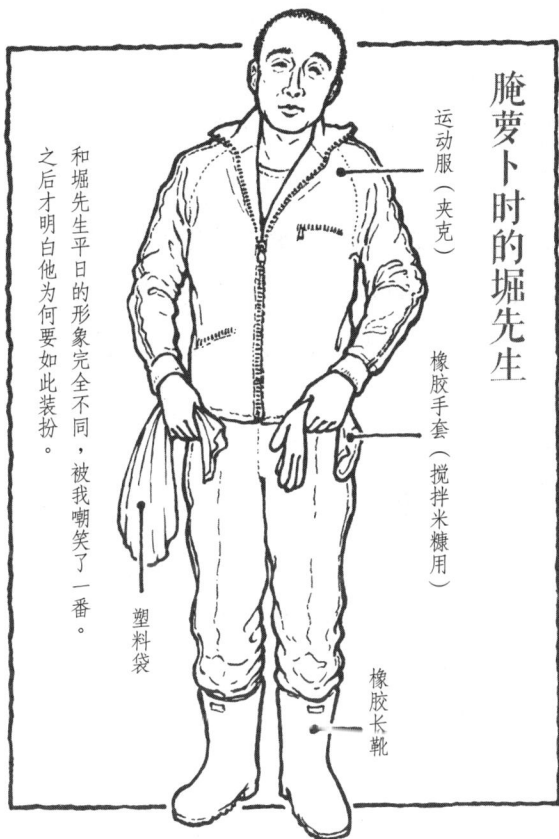

腌萝卜时的堀先生

运动服（夹克）

橡胶手套（搅拌米糠用）

橡胶长靴

塑料袋

和堀先生平日的形象完全不同，被我嘲笑了一番。之后才明白他为何要如此装扮。

"猜对了，真厉害！"

他大感佩服，其实没什么大不了。

"这么重的气味，任谁也猜得出来啊。"

堀先生也踩着凉鞋走到外面闻闻看。

"啊，真的。这样一闻，的确有呢。"

他自己也吓了一跳，但是又说了：

"不难闻嘛。"

"热爱腌萝卜的人或许很有亲切感，但附近的人怎么想呢？"

"这么说也对啦。话说回来，要把腌萝卜送到人家手上可得大费周章。不是直接从家里开车送去，就是得请他们来公司拿。虽然一载到马上放进我办公室的冰箱，味道还是会散出来……况且不马上吃掉，就没那么好吃了。萝卜要腌得好可不简单，运送也很不容易哩。"

一想到即将和等了快一年的腌萝卜面对面，真是心痒难搔。堀先生要我先喝杯茶，但我想马上参观。堀先生便说要去换上工作服，背影显得非常愉快。

"衬衫长一点比较好。这样弯腰的时候背才不会露出来受寒。还有记得塞进裤子里！"

堀先生穿上运动外套，套上长筒靴，往楼下的车库走去。

"其实应该想办法盖间腌萝卜专用的仓库。车库内的温度会受天气影响，这样不好。原本应该在温差小的阴凉地方，因为室温一高，发酵速度快，就会出状况。这些条件很难控制，非常费工夫，遇上暖冬更是没救了。要是去年腌的好吃，即使用上同样比例的盐和米糠，也会因为那年的气候变化，无法得出相同味道。腌萝卜不能光注意桶子里的东西。首先，摆放地点是最重要的。所以说，住在城市的大楼里头是没办法腌萝卜的。

"在这里盖房子也是为了腌萝卜。今年是第七次。也就是说，这里已经住七年了。"

他说他可以回想起每一年的腌制条件。因为每年只能做一次，堀先生花了很多时间收集数据，累积实际经验，这些都相当费时费工。

"人家说用心栽培，对腌萝卜就得这样。如果没用心，做出来就不好吃呢。"

实在太让人佩服了。接着又问他想要什么样的仓库。

"土造的不错，但不必像传统的那种。外观无所谓，小小的也无妨。重点是阴凉，全年保持恒温、恒湿。真想在墙壁外头砌石头，盖一座可以阻绝空气的石室。"

这很像堀先生"做什么就要像什么"的作风，就连腌制的容器也用木桶。

这年头应该不容易找到，一问之下，堀先生是充分运用经纪公司社长的身份才收集来的。

"宴会上常举行'镜开'仪式，把酒桶盖子敲破，再举杯庆祝，对吧？我拜托饭店承办宴会的人把空桶留给我。"

"哇，这么说，在你们公司是为了社长的兴趣才举行镜开仪式啰！"

"搞不好大家真这么想哩。饭店的人也非常照顾，连别人宴会上的酒桶都留给我。"

如果有人也想用木桶腌萝卜，却无法到手，听了一定会忌妒得快发狂。

可是进一步才知道，镜开仪式现在已经不常举行，一年比一年少了。

"或许不久就得改用塑料桶了吧。说起来木桶也麻烦，如果想把空桶留到明年继续使用，就得小心不能让它干燥裂开。"

桶上面放着整箱的可乐和汽水。

"拿来代替重石。如果不够重，就向商店订购整箱饮料，直接摆到桶子上，瓶里的东西得等到腌萝卜已经不需要重石时才可以喝掉。

"有次和三船敏郎先生碰面，提到为了重石费尽心力，他说，'小道具仓库应该有石臼，你就拿去吧！'就是这个桶子上面的。形状刚好是圆的，重心又稳，非常合用。结果梶芽衣子小姐听我说'腌萝卜的重石，还是石臼最好用！'居然来电说'找到石臼了！'……三船先生石臼上面的就是梶芽小姐送的。好像是拍电影出外景时，在那附近古董店看到的。"

也是为了"堀腌萝卜后援会"的成员们，堀先生得不断腌萝卜才行。

"今年腌了三个四斗桶、三个一斗桶。我习惯在每年 12 月的第一个星期日腌制，可是今年那段时间非得去纽约出差，所以提前在 11 月动手。我固定每年 1 月举办腌萝卜品尝会，若没在出发前腌好就会来不及……

"可是，果然还是不成。先前气象预报说今年冬天会提早转冷，所以我把盐减了一些，没想到正好相反，直到1月都是暖冬。实在很难掌握。不过，这正是有趣之处。"

他人在百老汇工作，心里却挂念着东京的气温及腌萝卜。

"您为什么对腌萝卜这么热衷？"我又问。

"腌萝卜是我的嗜好。拜它所赐，让我不会迷失自己，而能把工作完成。意思是，我虽然是日本人，但工作上有许多部分必须取法百老汇。工作当然要拼命，但如果只有工作，很容易失衡。腌萝卜和我的事业则是完全背道而驰。所以在家穿着橡胶长靴，打开木桶盖子，双手沾满黏黏的米糠，调整压制的重量等等，这些作业可以让我回归原点，成了我工作的发条，增加动力。当然，刚开始不是这么回事，只是想吃到像样的腌萝卜。除非自己动手，实在别无他法，才这样开始了。"

堀先生会去东京的蔬果中央市场之一——神田市场，赶在早上拍卖前亲自审视萝卜干，再拜托认识的蔬果商标下来。讲究到这程度，市面上的腌萝卜是无法满足他的……

"今年的味道虽说不尽满意，还是请您吃吃看。喜欢的话就请带些回去。"

搬开三船敏郎先生和梶芽衣子小姐送的石臼，打开盖子，拿出一整排腌萝卜。即使只要一根，也得拿一整排。如果不这样做，表面会不平整。

他还准备打开另一桶。

这次才更加体会到，因为木桶难寻，一般人已经很难用传统的方式腌萝卜了……

这两座石白筒直是天造地设的一对，上面的是梶芽衣子小姐送的，下面的是三船敏郎先生……

以前的人常用竹片箍的木桶腌萝卜，现在大概很多人没见过吧。

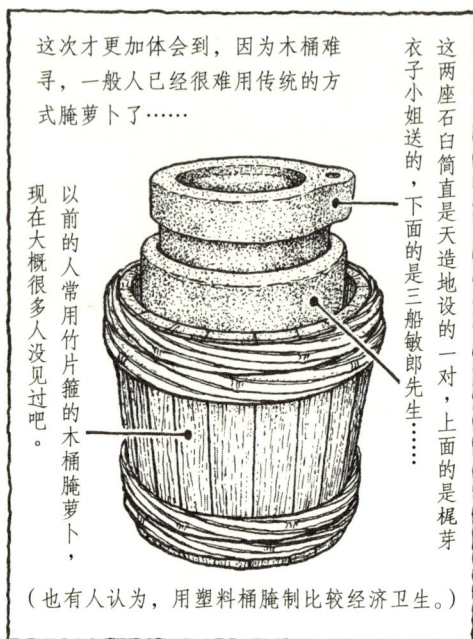

（也有人认为，用塑料桶腌制比较经济卫生。）

"堀先生，不需要这么多！"

"我想让您比比看哪一种好吃。"又取出一整排。

"太浪费了！"

我不觉冒出这句话。想想看，这腌萝卜很贵的呀。

堀先生仔细盖好盖子，放上重石，再用纸包起来。花了很长时间才把两个桶子恢复原样。

也难怪他要把衬衫紧紧塞进裤子里，这样才不会冻着。我只是站在一旁看，当然更觉得冷了。

餐桌上并排着两个碗，来回试吃比较。虽然他说今年的不行，我却觉得好吃极了。

"两种都很好吃，但这边的感觉更棒。"

"是吗？这一种的加了酒。腌法是森昌子小姐的母亲传授的，腌的时候，每摆好一排就要在表面喷酒。两种都放了粗砂糖，还有一点盐和米糠，其他什么也没加……"

"奇怪，明明同一桶，但是这……"

"吃得出来吗？这个是放在内侧的。即使同一桶，摆上面的和底部附近的味道完全不同。严格来说，即使用同一个方法腌渍，也会因为使用的桶子、桶子在房间里的位置而有不同结果。因为腌萝卜是活生生的东西……"

厉害！到了这地步，腌萝卜已经不只是腌萝卜了。

两种他都各拿不少装入塑料袋，让我带回家。

"回去后要马上放进冷藏库，尽可能三天内吃完。其实最好是当天……"

简直和鲜鱼一样。

我们家实在吃不了这么多，于是打电话给喜欢腌萝卜的朋友，分送他们。

后来即便因为《彼得·潘》等案子而常与堀先生碰面，都没谈过工作的话题。

我打算下次不谈腌萝卜，和他聊聊工作。可是，"舞台上的工作是要让观众欣赏的，非得用心才行。腌萝卜也一样"。

我想堀先生会这么说，然后话题又转回腌萝卜上头了吧。

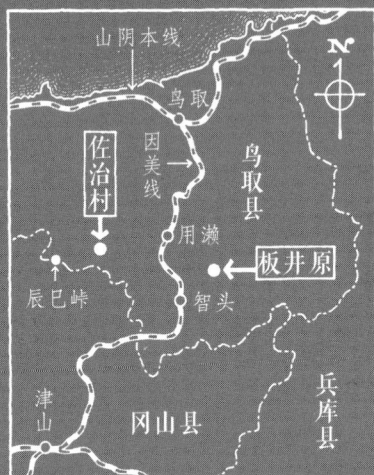

在下雪的山阴打造「故乡」

❖

（鸟取县·佐治村／智头）

"这里正下着雪呢。照这天气来看，大概到明天也停不了。别搭明早的飞机，改搭今晚的卧铺夜车吧。我姐姐在旁边也说'飞机不飞哟！'你听到她的声音了吧？"

电话那一端是住在鸟取县的友人 K 氏姐妹。

她们从几天前就一直提醒，冬天飞机班次靠不住，最好搭火车，果真如此。

我听从她们的指示，变更预定的行程。边看着时钟边准备，匆匆忙忙飞奔而去。

"出云三号"晚间 9 点从东京车站发车，隔天早上 8:50 抵达鸟取站。车程大约 12 个钟头。

坐飞机只要两小时……

最近几次出门都是搭飞机，无法感受真正的距离。能有机会再次体验到"去远方是很花时间的事"，或许也不错。这么一想，突然有了旅行的心情，高兴地挑了两个火车便当，还有一大堆饮料、水果、周刊，简直是乱买一通。

反正时间很多嘛。

车厢内的床铺已经布置好了。我的座位是A卧铺的下铺。

火车还停着没动，我就已经打开便当盒了。这种火车便当征的条件反射怎么也治不好。

我盘腿坐好，大口大口吃起便当，顺便观察四周状况。我搭的这班可是很受小学生欢迎的"蓝色列车"呢……

以前搭过A个人房和B卧铺，这次选了A卧铺。每次我搭火车都会测量卧铺尺寸，画下素描，这次也不例外，吃完东西就拿出素描本。

来验票的车长饶富兴味地看着我。

我已经不年轻了，面对那个充满好奇又孩子气的自己也会觉得累。可是违逆不了，只能苦笑以对。我单手画着，另一只手把卧铺收起来变回座椅的模样，直到把整个装置搞懂为止。这次搭上开往山阴的列车，是为了采访鸟取县八头郡的佐治村。

从新潟、富山一带的读者来信，还有朋友告知的消息，日本海沿岸地区有不少腌萝卜，其中也包含了佐治村的腌萝卜。

之所以会在众多村镇中对佐治村特别感兴趣，并不是因为他们的产品自古闻名，或是特别好吃，而是在腌萝卜逐渐消失的现代，这个村子反而开始制作腌萝卜，当成特产出售。这件事引起我的注意。

"打上'佐治腌萝卜'的品牌，销往邻近各县呢。要不要寄一桶给你？"朋友这么说。

"不不，不必寄来啦。我打算实地走一趟。"

我的确有点怕对方寄来一整桶，不过到实地去看的兴致更强烈。

虽然没听过"佐治腌萝卜"，但几乎占日本手抄宣纸产量一半的"佐治和纸"倒是知道的。

既然是多雪地带，冬访手抄纸之村，真是再适合不过了。虽说如此，搭飞机前往的念头正暴露出我对雪国之冬实在认识浅薄。

躺在摇摇晃晃的卧铺里，夜猫子的我很晚才睡着。听到车内广播醒来时，列车正沿着日本海岸奔驰。

离开东京那一天，电视画面上报道"静冈已经开满了彼岸樱！①"这里却还下着雪。虽然已是黎明时分，天色仍一片阴沉。伸手擦拂起雾的窗户，额头抵在玻璃上，盯着窗外的雪景瞧。要画下眼前风景，黑白两种颜料就足够了吧……

深灰色的云层低垂厚重，像是裹住水平线的交界般晕了开来。看到下头波涛汹涌的海面，才知道所谓"山阴"是因为这里的冬天又湿又阴冷，和北海道的严冬不同。

因为下雪的缘故，列车迟了九分钟才抵达鸟取站。车程超过十二个小时。

K氏姐妹到车站迎接，高兴笑说：

---

① 彼岸樱：花期较一般樱花长，且飘落时整朵坠下，而不是花瓣纷飞。

"飞机果然没飞。知道没飞反倒让我们松一口气。"

铁路"因美线"连接鸟取和冈山，佐治村则要从因美线的"用濑"站沿着佐治川，往冈山县境上去。鸟取站有公交车直接开往佐治，但K氏姐妹住在用濑的下两站——智头，所以三人一同搭上因美线列车。

她们告诉我，在用濑车站前包出租车前往佐治比较方便。

"公交车有时两个钟头才一班，加上在村内步行采访，太花时间，没效率。"

因为有先前飞行的经验，当然就直接遵从了建议。和她们约好采访后再碰面，便一个人在用濑站下车。

站前看见立了一块"用濑出租车"的招牌，走进屋里大声招呼，迟迟无人应答。过了一阵子，才有位背着孩子的女性从二楼下来：

"现在两辆车都出去了，您可以等一下吗？"

说着请我坐近暖炉。

一辆车回来了，但因为没有加装雪链，开不上佐治村，另一辆车则再等了二十分钟左右。

突然发现自己总是一阵风似的到处跑，老老实实反省一番。这次预定花三天时间采访，那就放慢脚步吧。

从用濑站到佐治村的入口将近八公里。但之后的路就远了。沿河道路两旁紧临着陡坡，其间绵延着19个聚落，村子的东西向宽16.5公里。

两层式 A 卧铺（Orone 14 型）床长 194 厘米，宽 73 厘米。比 B 卧铺宽 23 厘

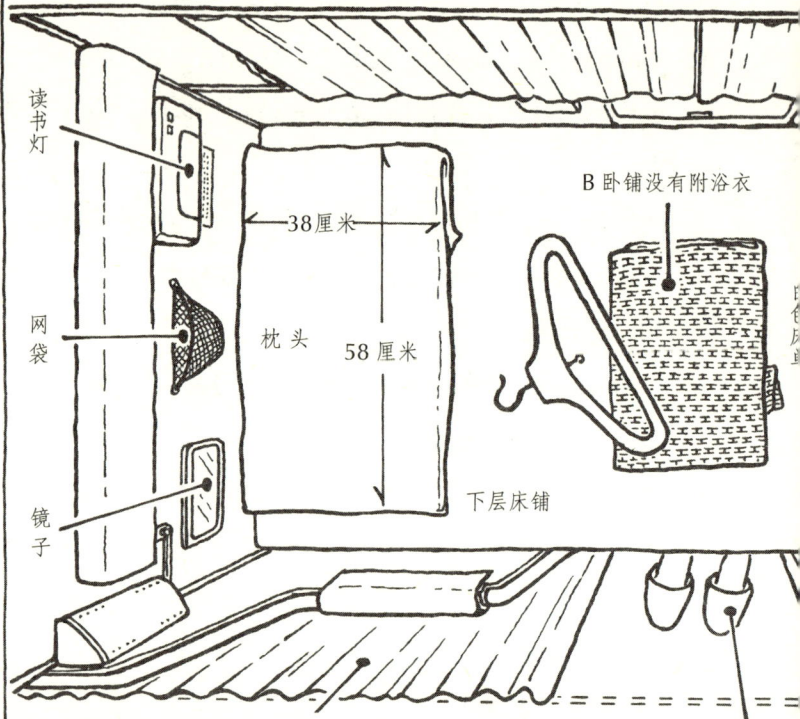

读书灯

网袋

镜子

38厘米

枕头

58厘米

B 卧铺没有附浴衣

下层床铺

隔离走廊通道和卧铺的布帘

蓝色拖鞋。国外的火
饭店里都没有拖鞋

"出云三号" A 卧铺

早上 7 点，卧铺收起来就成了座位。东京→鸟取的车票
7400 圆，加上特快车票 3000 圆，卧铺费 9000 圆。不
禁觉得好贵！

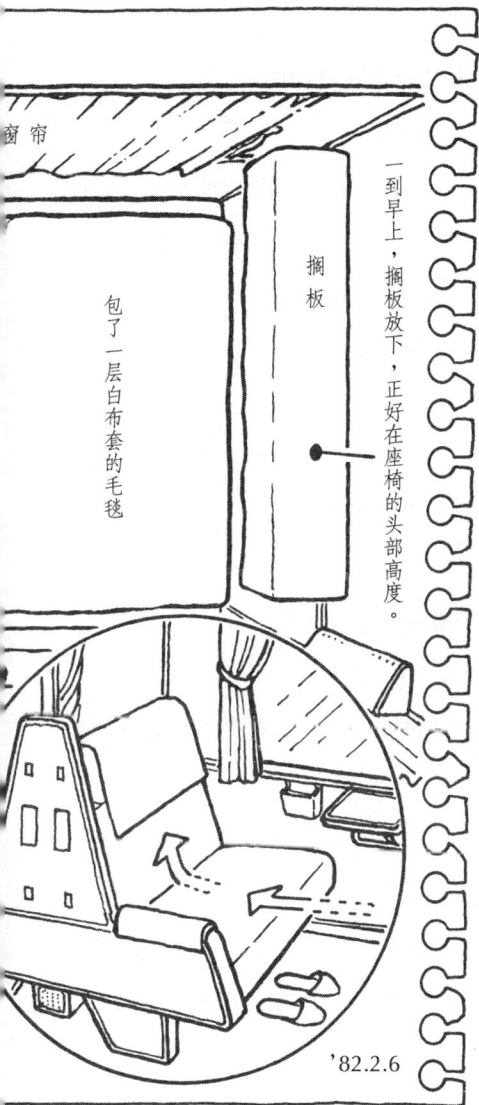

光从窗外飞驰而过的风景，也能察觉这里耕地少、靠果园和造纸营生的情况。若是可能，我想远到和冈山县交界的村子彼端看看。

我问司机先生：

"从栃原上到辰巳峠之间的路能走吗？"

"雪这么大，不行啰。这个季节没办法上去。"

"就算去山王瀑布有些勉强，但不晓得河坝附近如何？"

"那边倒是除雪啦，可是……先生，您说打东京来的，这是第几次到佐治村？"

"第一次。"

"您很清楚这里的情形，应该不是第一次

来吧？"

"真的是第一次。只不过来之前研究过地图啦。"

"光看地图就能知道得这么详细吗？"

"是啊。我用的是比例尺 1：25000 的地图。地形就不用说了，连有几户人家都知道喔。现在经过的地方叫'加濑木'吧？再往前一点，左边有间邮局，对不对？"

"真的！完全正确！您调查得可真仔细。"

司机先生非常佩服。

拜此所赐，司机先生好像认为我有别于一般观光客，若是提些地名、当地的特有用词我应该也能了解，于是便多聊了一些村里的状况。

现在，村里的人对于采访都抱持着高度警戒心，原因是最近《朝日新闻》鸟取版，针对这个村子做了 21 回系列报道。

首先，标题是《村子复苏了吗？——来自佐治谷的报道》，报道才开始就在村里引起反弹。

我到活动中心下车，先在村里走走。果然，每个村民一知道我是来采访的，脸色就很僵。

"之前也是，问什么我就答什么，这没问题，但简直把我们写成了死气沉沉、人口稀少的村落嘛！"他们道出了对受访的恐惧及疑虑。

系列报道 1 月 28 日结束，而我是 2 月 7 日抵达，才隔没几天，还是很敏感的时期。

"读的人通常会认定报上或书里的事情是真的吧？在自己村子被写成那样之前，我们也一直相信报纸写的都是事实。经过这次，哼，可了解了。以后不管报纸说什么，都不能轻易相信。小事也可以弄成大新闻，写得跟真的一样。"

"我们村子在报上一副前途黯淡的模样，那以后谁还敢嫁过来！确实有人搬去大城市，但也有人回到这里。真的是这样。我们村子才不像报道写的那样没落哩。"

"记者很热心地四处走访，对村子的事应该也有相当了解……但是写成报道时，非常戏剧化，简直像在写小说似的，标题还写成《村子复苏了吗？》。"

"那些文章没有呈现出佐治的真貌。"

年轻人这句结论正道出村民的不满，他们也提出抗议了。

连载结束前的第 20 回，以《年轻的气息》为标题，记录了当地年轻人的心声。

12 位年轻人聚在村公所西边的集会场，他们把记者请来，再次接受采访。

"就算补了一两回，长期连载给人的印象还是没办法轻易抹去。采访的部分也不知道会被写成怎样，真是够了。"

村民受到伤害了。

在各种佐治纸中，特别为人所知的便是"竹纸"，我想多多了解，于是前往拜访冈村日出正先生。但他也笑着说：

"一听到要采访，我父亲就说'拒绝比较好吧'。即便对方写得很善意，但和真实情形不同，还是会觉得困扰啊。"

日出正先生 23 岁，他父亲大吉先生 67 岁。概称"手抄和纸"，其实原料各式各样，有雁皮[①]、楮[②]、结香[③]、稻秆、茅草、纸浆、竹子等等。

但是以竹为原料来造纸的，在日本只有冈村先生父子。

在中国大陆，竹纸自古以来备受书画家喜爱，但日本不曾有人造出竹纸。20 年前，大吉先生想出用竹子纤维造纸的方法。

经历多次失败而研发出来的技术相当珍贵。既然我会远从东京来采访这对父子，《村子复苏了吗？》的记者当然也不会遗漏。

内向的日出正先生把报道拿给我看。那是连载的第 10 回，长达 1840 个字。文中描述父亲将竹纸秘方传授给儿子的场景：

"……元旦早上，大吉把日出正叫来跟前，要他正襟危坐。这时大吉从壁柜里拿出一张皱巴巴的纸，展开摊平。一张平凡无奇的夹报传单。翻过来一看，大片空白上用红墨水密密麻麻写着字母与数字。'竹子、雁皮、纸浆……'大吉将长年研究出来的和纸'秘方'全部仔细记下来了。……"

---

① 雁皮：瑞香科雁皮属，落叶灌木。高约两米，纤维细腻，黏液成分多，难以抄制，但造出的纸既结实又美观。

② 楮：桑科楮属，落叶灌木。叶为卵形或阔卵形，单性花，树皮可造纸。

③ 结香：又称三桠、黄瑞香、打结花，为瑞香科落叶灌木，高约两米。枝条疏生，粗壮柔软，可以打结不断，因而得名。

"不知情的人，读了会信以为真吧。"

日出正先生苦笑说。

"真实的情形是怎样呢？"

"哪有跪坐在父亲面前呀。而且从来就是两个人一起工作，说什么传授独门秘方，那场面简直像在演戏……我们只曾经在过年的时候，坐在这张盖被桌里，大概聊聊'今年应该怎么做'之类的……"

大吉先生在一旁以漂亮的手法打着抹茶，平静地说：

"虽然那系列报道写的也是事实，但除非是当事人，没人能详细指出'这里这里不是那样那样'。更何况读者很多，当事人没办法一一向他们说明当时其实是怎么讲的。"

这些话和村里人的说法一样，我吓了一跳。

《朝日新闻》鸟取分社应该没想到那次报道对村民伤害这么大，按理说也没其他企图……

就算出发点没有恶意，但确实已伤害到受访者，一思及此，我不免有点担心。

听到这事的发生经过、受访者的心声，我再次认识到报道的困难、归纳整理的危险。

说到认识，我对竹纸也是一窍不通，以前也从未见过。为避免下笔时会有讹误，我再次确认录音机正常运转。

"这就是竹纸。"

"这是竹子做出来的？！"

我不觉大叫。

那种白皙、织薄、细致，让我吃惊极了。脑子里对竹子已抱有既定形象，因此，即使知道这么美的和纸是竹子制成的，外行的我还是无法马上相信。

这和结香、雁皮手抄纸有什么不同？书法家笔下的实例说明了渗墨多寡的差异。竹纸上的墨迹和晕染的部分界线分明。原来如此。

那如何从竹子中取出纤维呢？好想快点知道。

"可以让我参观作坊吗？"

"可以啊。不过很冷哟。最好穿上雪衣……"

我离开温暖的盖被桌，走进后头的作坊。

两位女性手上反复着抄纸的动作，沙沙的水声听起来更让人冻到骨子里了。

抄纸本身的手法和之前在其他产地看到的没有两样。

"竹子是怎么处理的？"

"在那边进行。"

说完推开木门往外走。雪还继续下着。

心想脚上借穿的拖鞋有点危险，说时迟那时快，人就滑倒了。鞋子飞了出去，我整个儿扑倒在雪堆里。

原料孟宗竹横摆着堆放，上头积着雪。据说从山里砍下来前就得仔细挑选。

"长在果园旁边的不错。可以摄取到大量肥料嘛。"

竹子锯成 50 厘米长，竹节用铁锤敲碎。

"不用机器，而是手工处理。然后放进锅里，加小苏打和水一起煮。"

工坊另一个房间里有口直径一米左右的压力锅，黑漆漆的。一整个昼夜不断添柴，持续熬煮。

"那时候不能睡觉，必须注意火候呢。"

竹子熬成了黑色浓稠的液体。之所以像墨一样黑，是因为里头含有杂质。然后加水稀释，再用漂白粉等药剂去色，就会变成乳白色。抄纸不能光用竹纤维，还要混入雁皮、醋酸纤维，好加强连接力。

据说光到这个阶段，就得花上一个星期。

接着把液体倒进被称为"船"的木槽里，进入手抄作业。

绕了作坊一圈，再回到有盖被桌的房间。

因为刚刚踩进雪里，袜子都湿了，急忙将脚伸进桌子底下。不时摸摸，一直不干。实在是很不好意思，但刚好借此机会有更多时间深入了解。

一说到手抄纸，大部分会联想到寒冷的地区。据说"水越冷越清澈，抄出来的纸越好"。但也有些知名产地并不十分寒冷，例如四国岛也产"阿波纸""清长纸""土佐典具帖""伊予纸"，九州岛产的"筑后纸"等等。

"一年到头都可以抄纸，气候热的地方也没问题。现在进口纸最多来自中国台湾。进口手抄纸让日本造纸业雪上加霜，其实就质量而言，日本纸比较好……特别是冰水抄出来的'寒纸'，更是没话说。但中国台湾和韩国纸便宜，价格上实在无法跟他们竞争。我们的纸因为特殊，物以稀为贵，比较没影响……

"不过进口货和机器量产纸增加，一般制纸业目前可说是举步维艰，景况已大不如前了。"

佐治川沿岸的山间村落，因为拥有适合的自然环境，从江户时代起一直靠制纸营生。但是和全盛时期相比，现在的收入只剩一半。

我请教了"佐治纸业协同组合"的常务理事冈村乔先生。

这位先生也姓冈村。从前这村子60户人家中八成都姓冈村。那是手抄纸兴盛的年代。现在村里制作手抄和纸的只剩24家，其中半数姓冈村。

乔先生也是"佐和产业株式会社"的社长。

"手抄和纸非保留不可，因为这是佐治的文化。的确，目前业绩不能算好，但我还是想坚持下去。就算时代变迁，好东西一定会再次受重视。绝不能还没到那时候就断了……现在最令人头痛的是，即使想把佐治纸传下去，也没什么年轻人愿意继承。"

在这个村里，从事造纸的主力几乎是45岁以上的女性。

即便制出好和纸极有意义，但每天重复同样的动作既单调，又辛苦，而且还得接触冰水。

很多家里造纸的年轻人也不愿意继承家业，选择到鸟取市或其他都市工作。

日出正先生也曾经是制纸这一行的逃兵。

一如往常，采访主题又偏离"腌萝卜"了，但我想多和年轻人聊聊，所以去四处逛逛。

除了手抄纸之外，关于栽培茄子、樱桃，以及村子的将来，我也想听听年轻人的心里话。

"我没有继承手抄纸的意愿。"

年轻人突然说："别把我的名字写出来。"

"没办法和机器纸或进口纸竞争，前途黯淡啊。村里人还曾经去台湾指导，实在很讽刺……我知道佐治和纸很重要，可是，光靠'只要年轻人愿意接棒'的说法，没办法消除对未来的不安。特殊的纸当然希望传下去，但它已经不是可以养活一大批人的产业了，这点毋庸置疑。所以即使要我把未来托付在那上面，还是很不安。"

继承果园的年轻人则说：

"我不是为了要待在村里才继承果园的。更何况每年的气候变化会影响梨子、樱桃产量……虽说鸟取的 20 世纪梨在日本知名，但也不只我们村子产，可不轻松呢。不过还是得做，所以要机械化，还要注重品种改良，这样一来，贷款还是没减少。辛苦经营的不只我们家。

"台风把梨子全部吹落时，就会很羡慕那些离开村子的朋友。说到将来的梦想，希望能开发出我们村子独一无二的新品种……虽然不知何时才能还清贷款，但已经没有退路了。"

一位每天通勤到鸟取市上班，在村里青年社团参加演戏、合唱、舞蹈的 19 岁女性说：

"感觉是因为两个哥哥都离开了，我才留下来。如果哥哥留在村里，相反地，我应该会离开吧。佐治的环境很好，很安静，适合居住，但没有我想做的工作，也没有我喜欢的职业。或许这样说有点骄傲，但我觉得农业或造纸的工作无法让我发挥。

"每天早上去公司得花 1 小时 20 分钟，下雪的话更可能超过两个钟头。可是，即使住在村子里，只要生活不局限在这边，我觉得就可以接受。心里的那扇窗也想向外面的世界打开。"

针对五六年前年轻人开始减少外流，也出现回流的现象，村公所有一个年轻人说：

"回到村里的人，大多是因为这年头在都市讨生活也不容易，或者不能适应都市生活吧。我觉得并非为了让长辈安心，才不向外发展，也不是村子有了什么新的吸引力。

"我也曾经想出去工作。但是现在改变态度，决定留在村里，是因为我知道离开之后，心里会割舍不下这个故乡，对家人也有牵挂……

"既然如此，那就只能想想看，借着年轻人的手能为村子做点什么？如果光等着村公所或农会行动，根本不会有进展。

要做的话只能靠自己。于是很多年轻人站了出来。"

每个和我碰面的年轻人所发表的意见都在报上出现过。但他们之所以讨厌那系列报道，是因为只刻意强调某个部分，而且过度修饰。

的确，我也觉得《村子复苏了吗？》的标题有点过火。就算具体的情况多少相异，但日本全国应该有不少农村面临类似困境，不能把佐治村说成是特别孤独苦命的村落。

相反地，因为是全国知名的手抄纸产地，佐治村可能还比其他农村更受眷顾，更具优势。

昭和五十三年（1978）夏天，皇太子夫妇（今天皇、皇后）曾到佐治参观手抄和纸，即可见一斑。

就在那之前，从鸟取机场到佐治村公所所在的加濑木之间的道路整修完成。虽然可以说是巧合……据称县政府花了两亿数千万圆打造，不知是真是假。总之当地的人都称它"皇太子道路"。

"人口稀少村落"的称号不能安在佐治上头。在我去过的农村之中，佐治应该算是很有活力的了。此外，佐治村也积极发展观光。我从村公所拿到一本小册子，标题是"山阴秘境·胸怀清流和绿色自然的佐治谷"，册子上也可以看出积极宣传"佐治谷青少年村"。

我来的时候正逢冬天，佐治川上游的湖边设施如木屋、营地，以及山王瀑布、健行路线都已雪封，无法靠近。

"所谓观光，简单说，需要资金，必须一年四季都能有人来玩……特别是冬天，没什么吸引人的东西。为了因应，我们准备盖村营滑雪场，正在调查地形。就在这附近山区。"

村长谷本实夫先生指着地图说明。

此外，"佐治制纸协同组合"也计划兴建造纸数据馆，除了作为培训地点，还设置了观光客也能使用的小型木槽，希望他们能亲身体验造纸的乐趣，最后还能把成果带回家。

看得出来大家都在为村子的将来努力，设法让佐治不至成为人口稀少的村落。佐治腌萝卜也是这番用心下的产物。

腌萝卜，首先要有白萝卜。或许大家以为这里是有名的萝卜产地，完全不是这么回事。明明没有量多质佳的萝卜，却打出"佐治腌萝卜"的品牌营销各地，真是奇特。

据说缘起是昭和五十一年有人提议：

"稻米减产，那不如改种白萝卜，加工做成腌萝卜如何？"

至今只有六年的历史。

同年佐治村农会设立山菜加工厂，担任主任一职的村上幸弘先生负责腌萝卜的研发工作。

据说他原本专于种稻，现在却必须做出足以贩卖的腌萝卜，完全不知从何下手。最后到外地去学习，但学成回来却发现无法培育出想要的白萝卜，产量也不够。最后只好与隔壁村庄的农家签约，请人家代为种植，确保原料不虞匮乏。村上先生带着好不容易完成的试验品，到仓敷、姬路、明石、神户、京都等地的批发市场巡回推销。

各地评价不一，但反应都不好。

"不入味""腌法不对"之类的评语或许与经验不足有关，但有的人说"太甜"，也有人觉得"太咸"，那到底该如何是好？实在拿不准主意。

这时他才知道，各地方在味觉上各有喜好，其间充满了微妙差异。总之，如果不做出大家都愿意买的腌萝卜，就会巨额亏损，责任非常大。村上先生不断反复研究，斟酌盐量，改变调味配方，请大家试吃……最后终于做出"这种口味应该就没问题了"的产品，才松了一口气。

现在佐治腌萝卜广受好评，出货也顺畅。

"用的品种是'阿波晚生'。光靠我们村子种的不够，现在还是拜托附近地区的农家帮忙种植。因为佐治的耕地实在少，没办法。"

工厂的规模虽小，还是排列着大水泥槽以及洗净器等设备，麻雀虽小五脏俱全。

这里名为山菜加工厂，所以不只腌萝卜，也加工山上采来的山菜。款冬、蕨菜、土当归、山葵、笋子等春夏食材都可以做成酱菜。产品积存在仓库里。

他切了两种腌萝卜让我试吃。

虽然觉得有点甜，但那是我喜欢的口味。其他的我就不多说。因为，总结起来买方喜欢这种口味，才会如此腌制的吧。

每年产量约两千根，分成 30 公斤和 15 公斤装出货。这里能将腌萝卜变成商品，真是令我感动。

"附近没有自古闻名的腌萝卜产地吗？"

"产量都不到可以拿来卖的程度，各家腌渍自用而已。附近有个板井原，听说当地的萝卜做成腌萝卜很好吃，但是量很少……"

"现在去还吃得到吗？"

"下板井原应该没人住了吧。因为人口减少，迁村到用濑附近了。不过板井原那边还有人留下来。"

马上摊开地图。因美线的另一侧山上有板井原和下板井原两个地名。板井原属于智头町，积雪非常深，一到冬天几乎所有人都移住山下。

这种时候能上山吗？但我无论如何都想去看看。

事实上佐治村还有一些事情很引起我兴趣，照理说不应离开，但决定稍后再回来继续采访。

我的坏习惯是常受好奇心驱使而跑东跑西，老是有头无尾，自己也伤透脑筋。这时候我也因为很想去板井原而定不下心。打电话给住在智头的K氏姐妹，把人家吓一大跳：

"什么！这下子要去板井原？"

经我说明后，对方马上说：

"我可以介绍一位能充分解答你问题的人。"

隔天早上，在K氏姐妹经营的咖啡店和"智头町农协·营

佐治村的腌萝卜
（使用的桶子并不特别）

这一桶是 30 公斤装，也有 15 公斤装的。

腌萝卜的字样特地以萝卜构成，如此用心令人会心一笑。

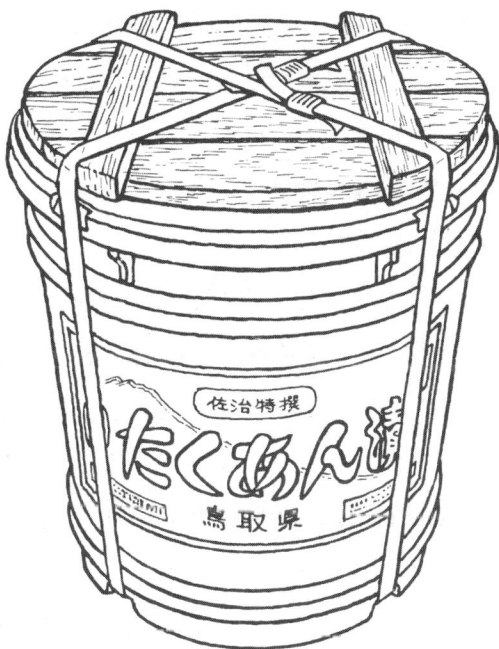

看起来像木桶，其实是塑料桶。

佐治特撰
たくあん漬
鳥取県

农指导员"熊谷美宪先生碰面。

虽然是初次见面，但他读过不少我写的书，也曾在《日本海新闻》书评版上介绍，我听了很不好意思。

"雪已经停了，道路也已经除雪净空，应该可以上山了。中午我开车来接您吧。虽然很多人下山到村子里生活，还是有人选择留在山上，去问问便知道了。不过我想应该已经不种萝卜了吧。"

智头也是一个群山环绕的山村。

在入山处上了雪链。山下也是处处积雪，但随着路途前进，积雪越来越深。从蜿蜒的陡坡两侧放眼望去，只见一整片被雪覆盖的杉林，简直就是日本画中的世界。

"好美啊！"听到我的赞叹，熊谷先生说：

"这边的杉林还很嫩。"

对于这片土地上的人而言，眼前风景好像还不足为观。

相对于"佐治的纸"，智头素以杉树闻名。植林的历史可溯及江户时代，是日本屈指可数的杉、桧产地，曾经繁荣了好一阵子。

之所以说"曾经"，是因为外国产的便宜木材大量倾销，加上多种化学新建材出现，昭和四十年（1965）起，林产急速下降。这对山林占了 92% 面积的村子而言，是非常大的打击。

从村里的建筑可以看出当年的繁荣，以及时代变迁的痕迹。

在智头町的背面、标高 614 米的牛卧山谷里，曾有 23 户人家的板井原聚落，住的都是从事林业的人，现在也减为 17 户。

进入板井原，车停在路旁，渡过小河，进到一户大宅的庭院。熊谷先生带我拜访的是平尾宏先生府上。

平尾先生正在打扫屋顶的积雪。

来这途中，看到一间窗玻璃破了、似乎荒废已久的房屋，请教之后，"那一间已经没人住了。因为雪太大，屋顶也坏了"。

"其他房子有人住吗？"

"没有，冬天只有九户住在这里。其他人都搬到山下过冬，偶尔上来除雪，整理家园……"

老夫妇相守、在山上过冬的人家只有六户，冬天时居民 15 人。夏天会有人回山上，人数增加到 30。但他们可不是因为避暑才上山的。

"和靠林业吃饭那年头比起来，做的事情也都不一样了。"

听着听着，突然有种预感，板井原萝卜可能已经消失了……

"为了找那萝卜才来这里啊？那种萝卜个头小小的，不是特地种在田里的，而是林木砍掉之后得放火烧山，顺手种在山坡上。可是呢，现在已经不伐木了，萝卜也跟着没了。"

不出所料，梦幻白萝卜已不复存在。

"一根也没了？用它做成的腌萝卜或许还找得到？"

我不死心追问，还是落空。由于林业不振，这里的在地萝卜也消失了。

那么，这里的人靠什么营生呢？我很鸡婆地担心。

"种龙胆。"

"就是那种开蓝紫色的花,从夏天开到秋天的?"

"没错,就是那个。"

经这一提醒……再次拿出平尾先生的名片,上面印着"智头町龙胆生产组合组合长"。

"龙胆是以前就栽培的吗?"

"不是,从休耕稻作的昭和四十六年开始,才种了十年左右。"

居然是"归功"于稻米减产政策,佐治才开始腌萝卜,智头开始种龙胆。

"找出能代替稻作且不需和他人竞争、属于自己的地方特产"——每个农村都面临同样的难题吧。智头町农会也不例外。

不断栽培、试种了数百种花卉与植物,好不容易选定龙胆。

我对花一点都不懂,但印象中龙胆不是到处都能种活的植物,好像相当娇贵。

在各种野花野草中,北海道、岩手县、福岛县等地的北国高山花种,公认是最难在园艺环境中栽培出来的。因此,为了在市场上维持稀有性,以龙胆为特产的地区都十分注意不要让幼苗、根或种子流至外县市。

长野县也有八之岳龙胆,但为了追求更优良的品种,信州农家摇身一变,像古代的行商药贩一样,远赴岩手县、福岛县深山,千辛万苦才采到根。十几年后,长野县的龙胆才终于栽培成功,达到量产的规模。

"是谁帮智头取得龙胆苗种的？从哪里带回来的呢？"

平尾先生看我完全不知情，脸上闪过不可思议的神色：

"就是熊谷先生啊。他到长野县买了幼苗回来。"

"咦？熊谷先生！你很坏呀，居然闷不吭声！"

"我想您又不是来采访龙胆的，所以……"

熊谷先生和我不同，是个很低调的人。

我马上请教他许多问题。

"每个地方都守着当地的龙胆，小心不让外流，您真厉害，居然能买到幼苗啊。"

"是长野县丸子町农会分给我的。如果是邻近县市，一定不会卖吧。他们分析长野和鸟取离得很远，应该不会对彼此的市场产生影响。"

和原先所想一样，这里的气候水土很适合高山生长的龙胆。现在每年出货150万株，在西日本产量第一，并渐渐成为鸟取县的名产，持续成长。销货范围是以广岛为中心的中国地方，甚至销去京阪神地区，也很受欢迎，而且价格比长野县产的龙胆高一倍。

"长野县那边不会生气吗？不觉得被摆了一道？"

熊谷先生沉吟了一会儿，说：

"长野带回来的种在昭和五十二年上头生了病，根部烂掉了。在那之后，我们让适合本地土壤的品种互相交配、改良，目前的苗种是我们自己栽培出来的，并不是从其他县市购人……但还是要感谢大方出让幼苗的丸子町农会，我们才能开始栽培龙胆呢。"

"为什么智头的龙胆价格好？"

"应该是因为花色好看，能充分吸收水分，梗又挺直，花期也持久吧。"

平尾先生说：

"农会的努力自不必说，还加上全村鼎力合作，出货也是共同筛选、共同贩卖，质量不好的不流出市面上，因此获得大家信赖，建立起良好信用。"

"浸水"可保持花的鲜度，是不可或缺的作业，秘诀是将清晨采收的龙胆绑成束，在冰冷的溪流里泡上将近半天的时间。平尾先生家门前的小河就是"浸水处"。

智头地区栽培龙胆的不止板井原，四处都可见到。标高300米至500米的区段最适合，符合条件的山间农地很多。在稻米减量政策之下，这类山间稻田很难找到替代作物，导致人们纷纷离村谋生。但在这里，因为栽培的是龙胆，当地环境反而成了有利条件。下山过冬的人一到春天，就会回山里栽种龙胆。

"不能轻易放弃祖先交给我们的山林和房子。"

好像有人年轻时到大阪讨生活，后来回老家种龙胆。

大雪覆盖的板井原是名实相符的过疏村落。孩子都移住山下，木牌上写着"智头小学板井原分校"的木造校舍，自昭和五十五年（1980）3月即停用了。虽然想到里面看看，但大门上了锁。这时看到路边立着一座单杠。

"咦？难不成这条路就是操场？"

"是的。"

听到这回答，不禁开始想象老师和学生一对一在路上做运动的"体育课"。

曾在这间学校读书的孩子，长大后会不会回山上继续守着故乡，不得而知。这必须由他们自己决定，不是我可以凭空想象的……

这个村子的确人口稀少，但看到有人选择继续在此生活，便不觉得那么沉重了。

为了探寻板井原萝卜而来，最后却找到龙胆，不知不觉花了不少时间。

看看手表，突然着急起来。不晓得能否赶得上与佐治中学的约会？熊谷先生说：

"我用车子送您过去。应该来得及吧！"

就承蒙好意麻烦他了。穿过牛卧山的长长隧道，开始下坡，眼前一片辽阔。

途中遇到徒步登山的老人家，和车子交会时他避到路边，点点头示意。那人手里虽然拿着拐杖，但看起来很有精神。

"很辛苦啊。走这条积雪的路上到板井原。"

"可是拜隧道之赐，现在可轻松多了。隧道开通前得越过

屋顶上的积雪很厚。"由谁来清除积雪呢？"答案是，包括年长者，很多留在板井原过冬的人会轮流来守护无人的校舍。

路旁的单杠
↓

挂在入口的木牌

上头的隘口呢。"

听说昭和四十一年（1966）隧道竣工前，老师每天得徒步从山脚走上刚才提到的分校。

"分校只收三年级以下的学生，上了四年级，孩子得去镇上的校本部，一样是每天走山路往返。"

居然得早上 4 点起床，5 点从家里出发，否则就会迟到。我听了说不出半句话。

我不知道的事情实在太多了。

浦林勇校长、几位老师以及三位同学，虽然已经放学了，却还在佐治中学相候。

听说这间中学有造纸社，学生自行造纸，前一天便约好请他们让我参观。

造纸社设在一幢组合屋里，位于校舍后头。规模小巧，但工具一应俱全。社员 10 人。

"现在在造什么纸？"

佐治中学制作手抄纸的房间

对弄湿双手、示范抄纸的三位同学很过意不去，但实在太冷，我还是无法脱下外套。

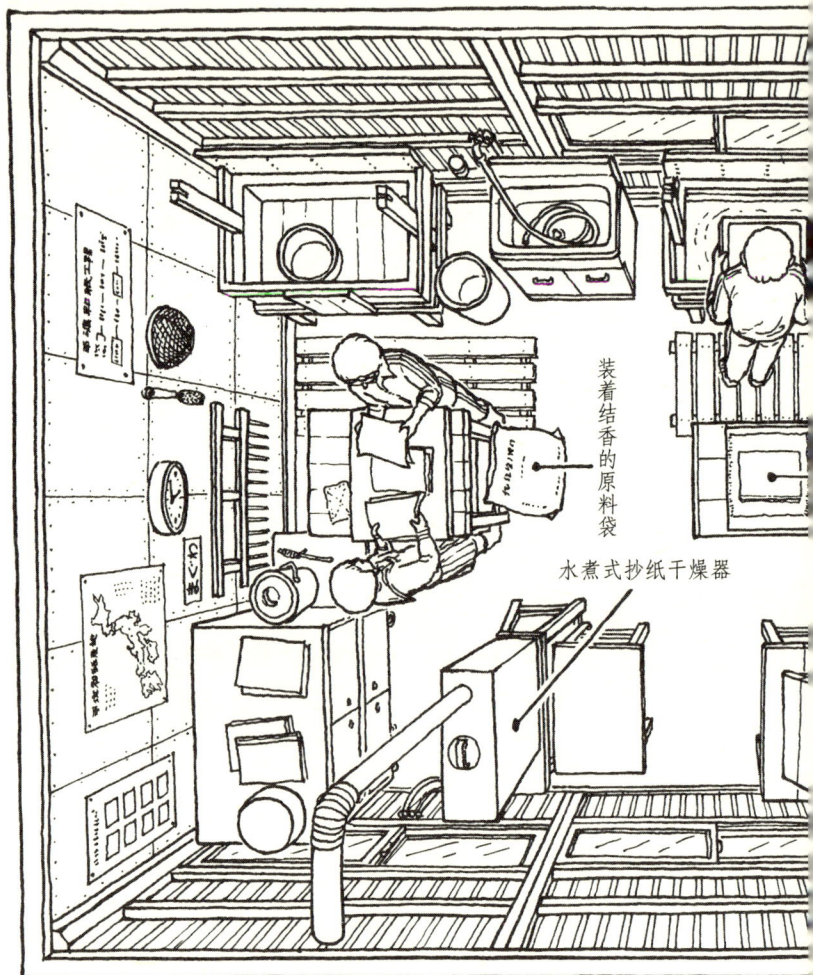

装着结香的原料袋

水煮式抄纸干燥器

这房间以很薄的铁板及三夹板盖成，加上是水泥地板，虽然有石油暖炉，依旧寒气逼人。

"毕业证书。"

夏天到秋天制作学生文集的封面，一到冬天就得开始制作毕业证书，否则会赶不及。

已经有成品了。上面还有校章水印，与一般的纸比起来毫不逊色，真让人佩服。居然亲手做出自己的毕业证书……

突然一阵感动。而且，很想要。

"我不是这里的毕业生，按理说没资格……"

"可以啊。"

校长先生说着便递来一张。或许因为我行了个最敬礼，加上高兴的模样有点古怪，学生们哄堂大笑。

"佐治的纸一定要保存下来。文化一旦消失，就很难复原了。保存不是放在博物馆里，必须要运用在生活中。"

我突然操起佐治腔讲了一段话，真是难为情。

"你们会不会继承制纸？"

"不知道。"

三个人一致回答。

孩子们晓得要保留传统，因此学习制作手抄纸，但是过几年他们长大之后，不知道态度又会有何转变？所以说"不知道"。

看到村里的大哥哥大姐姐，他们不晓得怎么想呢？

接着参观作业流程。首先将黏稠的液状原料放进木槽搅拌，再用筛子捞起来，之后暂时保持水平，让水分逐渐滴落，称为"溜滹"。

三年级的森田光男特别厉害，技术颇为纯熟。

"您要不要试试看？溜滹挺简单的。"

虽然他这么说，但我怕把毕业证书搞砸，便推辞了。

"溜滹很容易学，马上就能上手，但要抄出薄纸的'溜滹'就难了。"

据说得有熟练的技巧才能抄出相当薄的纸张。一年级的西田董和下田广见说：

"我们还没办法抄得很好。"

问他们制纸的感想，回答让人很有实感：

"冬天好冷！工作很辛苦！"

最近有几间学校让学生亲手抄纸制作毕业证书，但佐治中学从昭和五十几年就开始这么做了，应该是最早的。

昭和二十八年开始制作学生文集的封面，历史相当悠久。我拿到好几本名为《山峡之子》的学生文集，有的厚达八十多页。村里少男少女的心声都凝聚在篇章之中。题目从"户外教学的心得""论鸟取名产——水梨"，到"双亲的工作""对我所住的佐治村建言"等等，包罗万象。

看得出来，大家虽然年纪还轻，却关注周遭的生活，全部看在眼底。

翻读之后，我对这个村子和其他事物，有了许多说不出来的感觉。

等我回过神来，太阳已经下山了。他们也陪我陪到这么晚，真是抱歉。把文集带回去看就好了呀。

晚上我跟图书馆馆长谷田惠绍先生约在鸟取市内碰面。

两人聊了一些似乎和我不太相称的严肃话题，例如"都市和农村""中央集权文化和地方文化"等等。我只不过来了三天左右，就想看尽这个地方的面貌，真是狂妄，而且还打算写成文章……我突然很不安。

"有什么关系？即使在这里住很久，也不一定能了解。从别处来的人凭直觉感受，或许反而能见到真实的一面呢。"

谷田先生这么鼓励我。我这个人容易被鼓动，经他这么一说，心情马上就变好了。

隔天，也就是最后一天，我一早就进入佐治村。

因为走在村子里的时候，常听到"樱桃乌托邦"，有点纳闷。

"樱桃乌托邦？"

好像在哪里听过。

终于想起来了。应该是十年前的事。

"都市年轻人打造自己新故乡，移居偏远村落"，这项报道引起一阵讨论。原来地点就是佐治村。我人来到这里，却没将这两件事连起来，真是粗心。

"我想到樱桃乌托邦的所在看看。"

一位出租车司机开口，他好像相当清楚。

"刚开始时很热闹哟，说什么'耕种土地自给自足，把这里打造成自己的故乡'……"

"来了多少人？"

"好像有两百多。当时正好流行离开都市，大家觉得乡下比较好，但实际住过来才发现乡下生活可不容易……结果人越来越少，最后一个也不剩了。"

车子开到佐治水坝附近，爬上尾际这个地方，停了下来。

"就是那栋。"

我沿着司机先生手指的方向望去，只见一栋他们亲手建造的房子，屋顶厚厚一层雪，孤零零地矗立着。木造房子盖在距离道路五十米左右的雪地中，比我想象的来得大。

一条窄窄的小路通往那栋房子，雪地上面没有人的足迹。窗户也关着，看起来像是空屋。

如果还有人住在这里……想跟对方碰个面。

一踏上这条没有除雪的小径，雪就埋到膝盖。好不容易走到门口，敲了入口的木板门，无人回应。

但是屋子里传来地板的嘎吱声。好像是蹑手蹑脚走到门口的脚步声。

"有人在家吗？"

没有任何回应。我感觉有个人屏气敛息，站在木板门后头。

人家不想碰面，当然不能勉强。正当我要离去，发现门口贴了一张纸，上面写着：

"此屋为居处，并非空屋，无端侵入造成财物损失，或擅自取走田里作物，将以盗窃罪提出告诉。警察也一样。这里不是公社。住户留。"

"邮差先生：信件等请塞入门底下。挂号信请送到同村的葛谷山本商店（住户不在时）。"读了之后我有些后悔敲了门。如果事先看到，我就不会出声叫门了。

住在这里的人好像谁也不想见。

"还有人啊？我一直以为已经没有人住。他一定以为是村里的人，才避开的吧。"

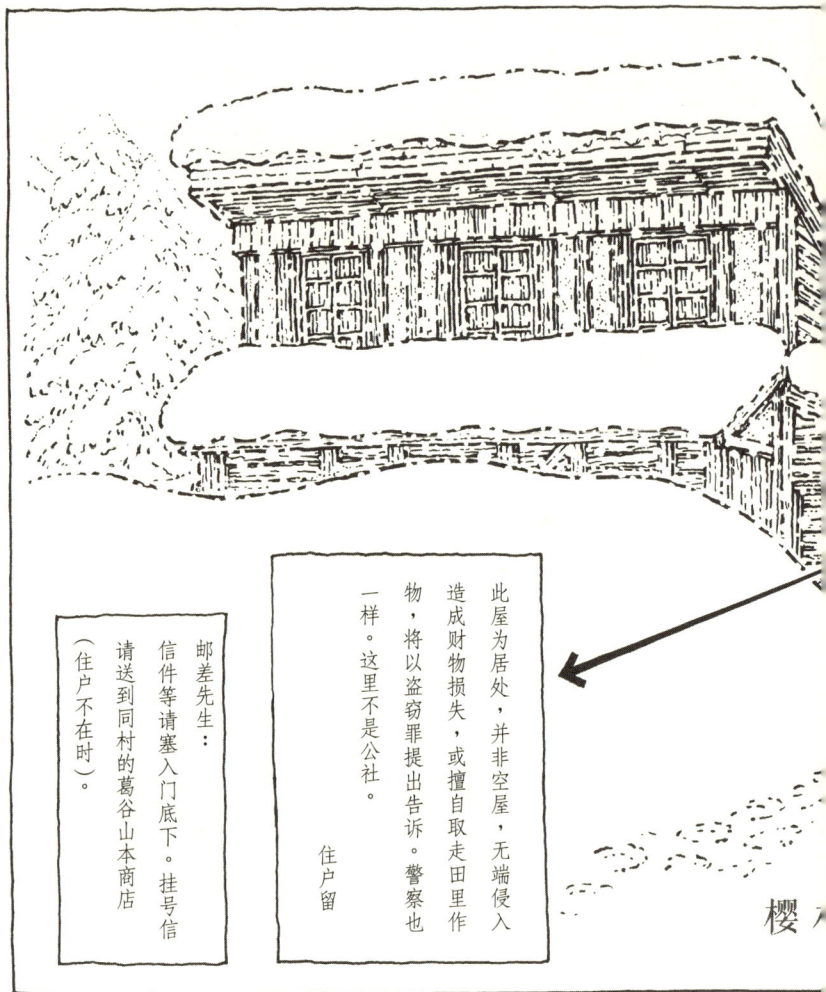

此屋为居处，并非空屋，无端侵入造成财物损失，或擅自取走田里作物，将以盗窃罪提出告诉。警察也一样。这里不是公社。

住户留

邮差先生：

信件等请塞入门底下。挂号信请送到同村的葛谷山本商店（住户不在时）。

樱

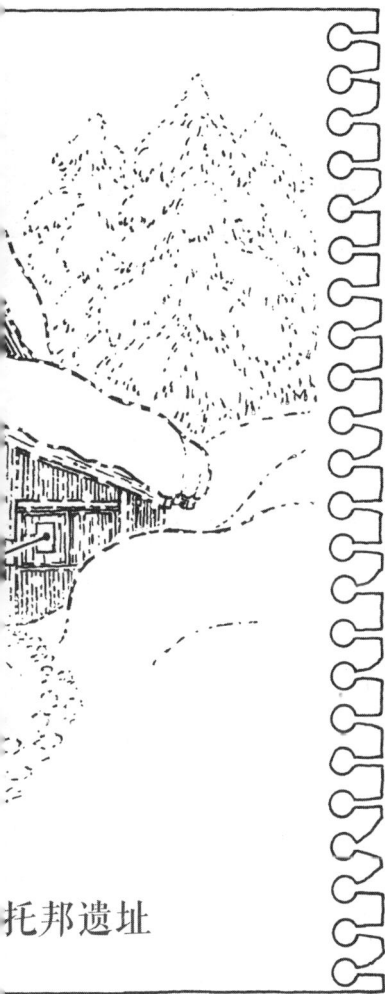

托邦遗址

司机先生这么说。不晓得那一位是不是从樱桃乌托邦时期就住在这里？我想要进一步了解这件事。

村人对樱桃乌托邦的评价都不是很好。也有人批得一文不值。

"我们这村子，连土生土长的年轻人都要跑出去了，这些从都市来的人，居然随随便便就喊出'只有这村子是真正的乌托邦！'真不晓得他们凭什么这么想？"

"居然有笨蛋对来采访的记者说出这种傻话：'马路没有铺柏油，小便的时候尿会渗进土里面，看了真是觉得自己来到了乌托邦啊！'"

每逢雪融就泥泞难行的马路，村人莫不希望能早日铺设柏油，听到有人这样说，自然会火冒三丈。但我好像跟那群人同伙似的，努力帮他们辩解。

"话说回来，一个只知有柏油路的人，受到自然大地的感动，才会说出那种话，不是吗？都市人虽说习惯都市的环境，但也有人并非如此……从地方出来的人可以回流返乡，但那些没有故乡的人却没有可以回去的地方，因此才会梦想用自己的双手打造……"

"那是都市人任性编织的梦想吧。如果真的有心要打造自己的乌托邦，那应该把原本就住在村里的人也考虑进去，大家共同来创造更好的村子，不是吗？可是他们完全不想跟这个村子打成一片。"

我的意见马上就遭到反驳。

"他们想要讨村人欢心，放音乐、扩大举办盆舞大会，但心底根本不想和我们交流。"

据说和村民碰面时也很不礼貌。

"如果真的有心自给自足、学习耕作，一定有办法适应这里的风土民情。光靠自以为是、装出老百姓的模样，哪可能办得到啊。再说，又没认真学要怎么种。"

"年轻男女混在一起闹到深夜，真是破坏我们村子的风气，村里年轻人看了有样学样，也被带坏了。"

我也问了村里年轻人的看法。

"已经是十年前的事了……当时的年轻人，现在都中年了。当时我还是个中学生，和樱桃乌托邦的人年纪差太多，没有玩在一起。但我也看到一些事。有些现在谈起来仍然很生气的人，最初也跟他们混在一块儿。每晚一起喝酒，听他们说些都市的事，其实也挺高兴的。也不能说谁对谁错啦。"

我得到这样冷静的回答。

刚开始村民大概也觉得，人口越来越少，如果都市来的年轻人能够定居下来，是件好事吧……没想到事与愿违，这些人和村民格格不入，一旦知道他们不能长久扎根，便难免把他们想成是"万恶之源"。

"总之，这些人对手抄纸和梨子都没兴趣，一旦觉得待在这里没意义，就一个个走掉了。虽然不是被赶出去的，但最后都离开了。表面上看来有故乡很棒，但相对也要付出代价。如果不能忍耐，那就没办法了。"

从村民口中，我可以想象那些从都市来到佐治的年轻人一心想"打造自己的故乡"，但梦想终究幻灭的过程。

我在佐治的采访告一段落，但心里总觉得还没结束。

曾经是"樱桃乌托邦"领袖的东由多加先生，现在领导"东京 Kid Brothers"剧团。

这个剧团近来受到年轻人热烈支持，演出几乎场场爆满，非常活跃。除了日本，也到欧洲巡回，最近才第三次赴美公演，非常成功，刚刚返抵国门。

回到东京时，心想一定要和东先生碰个面。

我和他素昧平生，加上问"樱桃乌托邦"或许会触及他十年前的伤心事，我有点犹豫。最后还是下定决心打电话到"东京 Kid Brothers"涩谷办公室。当我直接说明想碰面的理由时，他很爽快地回答：

"好啊。如果您能过来剧团，我们就聊一聊吧。"

晚上 10 点多，我去位于大厦三楼的办公室，在一个房间里见到他。

我按下录音机按钮，一边记笔记。相对于我的采访阵仗，他一派自然地聊了起来。

"我从不觉得'樱桃乌托邦'已经过去了。一方面还没落幕，也不可能一刀两断。自己做过的事，没办法轻易就抹杀掉的。直到现在，我还是觉得对佐治村的人'做了不好的事'。"

他首先说：

"我想，有故乡的人无法了解——更精确的说法或许是，即使没有故乡也不会想追求的人，没办法理解我们的渴望。我从小就没了母亲，不知道什么是家庭温暖，一直很向往故乡。把类似想法的人集合起来，打造生活共同体，一方面作为剧团活动的基础，这样的想法延伸下去，于是有了樱桃乌托邦。"

"是不是像佐治村村民所说的，有点太天真？"

"的确。这种想法对在自己村子里生活的，或拥有故乡的人来说，实在太不合实际。如果就生活的根底来看，我们的确没有根，因此被说成玩什么'故乡家家酒'，也没办法。"

东先生完全没替自己辩解。老实说，我原本以为他的说法会与村民相反，整件事变成罗生门……但是却非如此。

"到那里马上就举办盆舞大会，是为了让村民不会因为外人跑来，感觉格格不入，出发点是想和他们交流的。原本村子很欢迎我们，在村会议也做出决议，'年轻人搬来，对高龄化的村子有好处，也有助于未来发展观光'，但这些很受期待的年轻人不但留着长发、满脸胡子，装束也惊世骇俗。因此有村民希望我们住下，也有人生怕善良风俗遭到破坏，出现了各种意见。

"例如有人出借浴室，还自愿提供柴薪帮我们烧洗澡水；但也有人拿着剪刀追在后头跑，要把我们的长发剪掉……可是，不管怎么讲，是我们不对。"

"怎么说？"

"原本嚷着'想在大自然中生活''想逃离人工的都市环境'的人，不久竟然说'不要速溶的，想到咖啡厅里喝地道的咖啡''好想去看电影啊'……"

"不需要这么严格吧？偶尔到鸟取街上玩玩也可以啊。之后再回到村里不就好了？"

"没这么简单。一到市区，就会害怕回去。也就是说，朴实简单的生活，还是无法成为自己的一部分。再加上靠着农耕没办法自给自足。不管对个人或团体来说，这群无法在生活里扎根的人，败得一塌糊涂。所以再留下来也没意义了。

"离开佐治的时候，只觉得'好失败'。"

"好像还有人住在那里。"

"真的吗？！这我就不知道了。应该没有人留下来才对……"

东先生继续喝着酒，最后简直是烂醉了。

"对佐治村的人真的很抱歉啊！"

他讲了好几次。我听着听着也难过起来了。

"要融入不同环境、接触不同的文化及价值观，人与人要能单纯相处，真的很不容易啊！"

我深有所感。

在那之后，我去看了"东京 Kid Brothers"演出的《四郎》。这出戏场面壮观，内容描述"四个住在现代东京的年轻人，穿越时空，回到了岛原之乱①时代的天草"。

观众九成五是 20 岁以下的女性。

和十年前一样，依旧有这么多年轻人渴望故乡。从戏剧中看到了他们的想望。

我看着戏，回想起东先生说过的话。

当他知道我原本要采访腌萝卜，居然辗转离题，才跑来跟他碰面时，嘟囔了一句：

"我很讨厌腌萝卜。"

"为什么？"

"我身上没有像腌萝卜那么实实在在的东西……"

---

① 岛原之乱：1637 年，为反抗苛政并抗议幕府禁止基督教信仰，肥前岛原和肥后天草的农民，以天草四郎为首，揭竿起义。最后被幕府大军攻陷，村民全遭歼灭。之后幕府严厉禁教，并实施锁国政策。

好像有点懂。但想要更进一步了解，东先生却不再多说了。

最近看到年轻人的杂志上有个专题报道：

"要不要在过疏村里打造自己的故乡？"

还有这样的广告：

"贷款，可以买到故乡。"

价格也标上了。

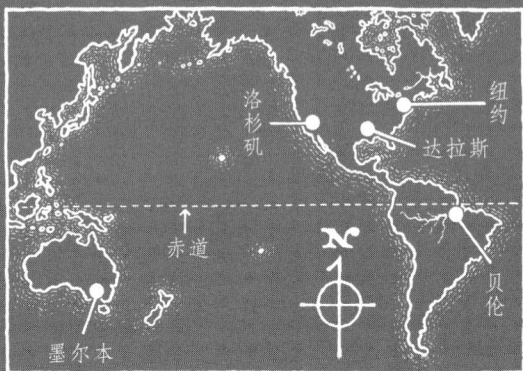

纽约
洛杉矶
达拉斯
赤道
贝伦
墨尔本

腌萝卜海外篇

❖

（墨尔本／达拉斯／巴西／洛杉矶／纽约）

"河童！你这混蛋！"

我接到一通从墨尔本打来的电话。

连珠炮地传来"猪！""混蛋！"在电话另一端胡乱开骂的是指挥家岩城宏之。

他是我认识近三十年的好友，常喊着"河童你这混蛋！"我一向不回嘴，但他特地从地球另一头的澳洲打来，究竟所为何事？结果，"居然每个礼拜都写腌萝卜！"

原来是为了这个。《周刊朝日》上连载的《边走边啃腌萝卜》他好像全读了，而且几乎与日本读者同步。他那优秀的秘书固定以航空邮件寄上《周刊朝日》《周刊文春》《周刊 Post》和随机选择的两份杂志，还有剪报，非常勤快。

"不管我去到地球哪个角落，各种消息都会随之而到。邮资可不便宜喔。虽然很肉痛……"

他笑着说。也因此，他比我还清楚日本国内的动态。

"真的很过分！一下写熏萝卜，一下子又什么渥美风干萝卜的，就算平常不爱吃的人，读了也会突然好想吃！而且保证不只我，海外同胞一定很多人也这么想！住日本的人大概很纳闷，不过就腌萝卜嘛，事实上，日本人饮食生活的原点，就是味噌、酱油、腌萝卜！我自认不太眷恋日本食物，但读你那个连载，居然不时勾起对腌萝卜的渴望！河童！你这混蛋！"

我一边听岩城抱怨，一边分心盘算另一件事。真是对不起他。

我想拜托他帮忙调查海外的腌萝卜。如果是他，观点与我差不多，应该也会答应"边走边啃"吧。

就算赶不上周刊连载，还是希望能收入这系列。

大约十年前，我曾去欧美游历一年，在各地看到罐装及瓶装的腌萝卜，也有机会尝到。咬起来简直像炖萝卜，完全没有咯吱咯吱的脆劲。虽然气味咸度都会让人联想到腌萝卜，但那种似是而非的口感，反而让人咬着咬着悲从中来。

"在国外吃到的腌萝卜都有点软。"

听我这么一说，岩城附和道：

"没错，软到简直是烂烂的！所以不但不会思念腌萝卜，反而变得讨厌……"

"我懂我懂！不过，现在的腌萝卜还是跟十年前一样？"

"大概吧！"

"最近吃过？"

"没，才不想吃那种玩意儿哩！"

"没吃怎知道？拜托务必去吃吃看。你去各地跑的时候，顺便收集日本的腌萝卜吧。当然也要有试吃感想喔。”

问了他接下来的行程，包括里斯本、斯特拉斯堡、巴黎、杜塞尔多夫、苏黎世、辛辛那提、迈阿密、慕尼黑、亚特兰大、纽约等地。

“好极了！这样就很够了。世界各地的腌萝卜到底是如何从日本运过去的？形状呢？产地是哪里？味道又如何？如果能附上照片，我会更高兴啦。”

我径自说着，他只是“嗯”个不停，啥也没说，完全感觉不出积极协助的意愿。

这也难怪。巡回世界各地的指挥家，每到一个地方就找日本食品店，买下腌萝卜，把它带回旅馆房间，切来吃吃看。甚至还要写笔记、拍照片。他光想就觉得麻烦吧。

“为什么我非得做这种事啊……”

想象这位知名指挥家，嘴里怨着河童，一个人孤零零地啃着腌萝卜做报告……

真可怜。可是，实在太好笑了！

只因为凶巴巴拨了通“河童！你这混蛋！”的电话。

自投罗网。

他好像也这么觉得，在话筒那一端嘟嘟哝哝的：

“真是飞蛾扑火……”

我安慰他：

“也许你会有意外发现。时代不一样了，现在不管哪里都能吃到地道的腌萝卜呢。"

"嗯,我尽量……"

回答又更小声了。想想这通国际电话是他打来的,从墨尔本打回东京,一开始三分钟是 2430 圆,之后每分钟 810 圆。真是过意不去。

"电话费很贵,我要挂了,一切拜托啰!如果不帮忙,下次你回日本就不陪你玩了。"

到最后连威胁的话都说出口,但……感觉上希望还是有点渺茫。

他的血型是 B 型,我也是,所以很了解他。别人看我们会觉得做事很认真,其实我们只对自己感兴趣的事物才会全心投入。开始了就一头栽进去,没兴趣的完全不碰,落差非常大。也就是说,我们很不懂得"恰如其分";而且容易一下子便兴致勃勃,过没多久却又腻了。

"混蛋河童,害我突然想吃腌萝卜!"

一通冲动的电话,让他身上多了调查任务。他应该有所察觉,吃遍日本各地腌萝卜的我,已经到了光听这三个字就会打嗝的程度了。就算他好奇心再强,应该也不会对腌萝卜感兴趣。

或者该说不出所料,等了几个月都没收到"海外腌萝卜报道"。

正好他有一本新书《胡搅蛮缠集》即将举行发布会,我要和他讨论相关事宜，所以这次便由我打过去。

他好像吓得跳起来：

"对不起对不起！怎么办？拖很久了哦？只有墨尔本的行不行？现在我已经完全没有吃腌萝卜的念头了，可是如果你不在意，我会遵守约定！"

这半年里头，他已经到世界各地绕了一趟，现在又回到墨尔本，所以"世界各地腌萝卜"的企划已成泡影。再逼他又不晓得得花上几个月的时间，而且也实在太残忍了。

"那就变更计划，只要调查墨尔本的腌萝卜就行了。"

"这次一定好好调查，我马上就去，先从常去的餐馆开始。要原谅我喔！"

从他的声音听起来，这通电话的确有效。但没想到一个礼拜后，报告就以快递寄到了。

这还是我第一次收到他的亲笔信呢。他发表的文章我还挺常读的，但这封"信"和他惯有的文风不同，毫无修饰，想讲的话全部直接写下来，非常有趣。

独乐乐不如众乐乐，决定就此公开，但还是得征求本人同意。

"不要啦！很不好意思啊！"

"你就当成是没去调查世界各地腌萝卜的惩罚吧！"

经我这么一说，才勉强答应了。

以下是来信全文。

前略

对不起对不起！

电话里已经说过了，但还是要说句"抱歉！"不过我干吗跟河童你道歉啊？想来想去还是觉得怪啊。

其实我到国外演出时，特别是上场前，绝对不吃日本料理。最近虽然没那么严格了，但现在想起来，那怪癖恰好证明自己还不算个角色。说起来丢脸，我以前老觉得吃了日本料理就带不动外国乐团，所以要我吃腌萝卜，门儿都没有。再加上我原本就不爱，心里更是防得紧，这点我必须老实承认。

最近不知是脸皮变厚，还是人成熟了，对这种事比较不在意。所以回想起来更觉得丢脸。意思是觉得自己不够专业。指挥意大利音乐就吃意大利面，为瓦格纳就吃香肠和马铃薯，演奏德彪西就吃法国菜——想靠这些掌握感觉，还真是外行人才会干的事。所以说，我已经进入"想吃啥就吃啥"、随心所欲的境界啦。

例如吃了亲子丼还能指挥贝多芬之类的。

讲到这个，听说很早很早以前，小泽征尔如果上场前没吃白米饭和味噌汤，就绝对不成，听到时还觉得这家伙真怪。据说不管到哪里，他的跟班都得把电饭锅扛着准备好。他那人从以前就排场十足啊。

至于我，则是为了演奏外国大爷们的音乐，规定自己只能吃西餐，实在太亏了。我就这样空白了十几年。

那先撇开不谈，说到你这个连载呢，读起来真是气破我肚皮。就算我已经不限制自己吃日本料理了，但还是不爱腌萝卜。可是每次一读你的连载，我就忍不住狂叫：

"哇！好想吃！好想吃地道的腌萝卜！"

我发现自己与生俱来的口味似乎改变了，但在这历史性的一刻，我居然吃不到腌萝卜，而且再哭再闹也吃不到，让我恨死你了！又想到可能有数十万海外同胞跟我一样，对日本料理的渴望无法获得百分百的满足，于是我挺身而出代表他们强烈抗议：

"河童！你这混蛋！"

但才骂出口，不知怎的形势大逆转，等我察觉已经来不及了，只好像现在这样频频跟河童你说对不起！

再怎么想都觉得怪，实在很想继续开骂，但我怕会有更悲惨的命运降临头上，只好一味表示恭顺，依照约定奉上"墨尔本腌萝卜"的调查报告。

现在，在很多日本人聚集的加州、巴西等地，就算是别的地方生产再运来，从腌萝卜到日本酒等各式食品都很容易买到。世界各大城市也非常多日本食品店和日本餐馆。

墨尔本也是，就我所知，日本食品店就四家，高档平价的日本餐馆加起来也有14家。人口约二百七十万，包

括企业派驻海外的职员、他们家人或日语老师等，据说有
2000个日本人。日本餐馆和日本食品店不是专为他们开
设，也就是说，这些店生意做得挺成功的，餐馆里大半是
澳洲客人。而在巴黎或伦敦，日本料理店只有日本人光顾
的时代更是早就过去了。所以，我想这里的腌萝卜现状应该
和世界各大城市相去不远。

接到你那通可怕的电话后，我急忙跑去14家日本餐
馆中最高档的那间老店。吃完寿司吃了腌萝卜，还真是美
味，既不太咸，也不过甜，咬在嘴里咯吱咯吱的，地道
极了。

我一边正经地品尝，一边问些腌萝卜的事，老板娘吓
了一跳，满脸不可思议：

"您喜欢腌萝卜？"

这也难怪。以前吃到软得出奇的玩意儿，害我对海外
的腌萝卜失去信心，很久不碰了。在这家店也没吃过。更
何况我又不爱腌萝卜，都是看到河童你的文章，害我嚷着
"好想吃"。如果那时知道墨尔本就能吃到地道的腌萝卜，
一定会冲来。先前居然对海外的腌萝卜抱着那么大的偏
见，真该反省。罐装的那种软烂口感和这次吃到的只能说
是天差地别。

老板娘写在纸上的数据记录如下：

"江州 Takuwan　彦根江州　中村小三郎商店"

"Takuwan"是老板娘写的，我只是照抄。还有，因为是你，我猜一定会问餐馆的名字，所以也记上。"寿喜烧屋"（Sukiyaki House）。

在日本料理店吃过腌萝卜，接着调查日本食品店里卖的是哪一种。

我昨天跑了一趟。你真会给我找麻烦。你应该知道我音乐会前一定要午睡吧？我可是牺牲午睡去采访的，你真该三跪九叩感激我。

老婆满脸"瞧你又在干蠢事"的表情看着我出门：

"讲什么采访，搞得真夸张，卖的只有一种啦。"

令人吃惊的是，竟然有八种。而且和以前罐装瓶装的不同，完全是腌萝卜该有的模样，直接从日本进口。应该是拜真空包装所赐。足以引起食欲的各式腌萝卜就和国内超市一样。

八种全部买下来。店里的人满脸惊讶，我狼狈得要命：

"我没有要全吃掉……哦不，我会都吃一点点……其实是受朋友所托……"

事后想想，就算买这么多，也没什么好丢脸的啊。

总共才10元澳元，但是很重。

想起答应要拍照，突然发现没带相机。跑到认识的上班族朋友家，请他用即可拍帮忙。底片直接寄过去，你就自己送洗吧。

应该洗得出来，但字可能不太清楚，保险起见，把腌萝卜的名字、厂商及价格记载如下：

"渥美特产梅醋腌萝卜"	新进食料工业	1.45	250 克
"渥美特产新进田舍一本 　腌萝卜"	新进食料工业	1.35	200 克
"腌萝卜太郎 L 一本渍"	东海渍物制造	1.53	350 克
"腌萝卜太郎东京泽庵"	东海渍物制造	0.80	180 克
"渥美腌萝卜（添加海带）"	松下食品神户	1.35	250 克
"木村 Irago 一本"	木村渍物	0.98	160 克
"东海的 Irori 渍·浓重风味"	东海渍物制造	1.50	200 克
"Santa Takuwan zuke" 　Pickled Radish	国际食品开发	1.79	430 克

最后那个标签只用拼音写的，就是以前那种罐头腌萝卜。还写成"Takuwan"，很有趣。

拍照、写笔记很费事，等到全部试吃完，已经头昏眼花了。

你在连载后半段，老提腌萝卜吃怕了，我还偷笑说你活该呢，结果亲身经历才知道，采访真是件苦差事……

八种各是什么味道？我吃到一半全混一起，哪个是

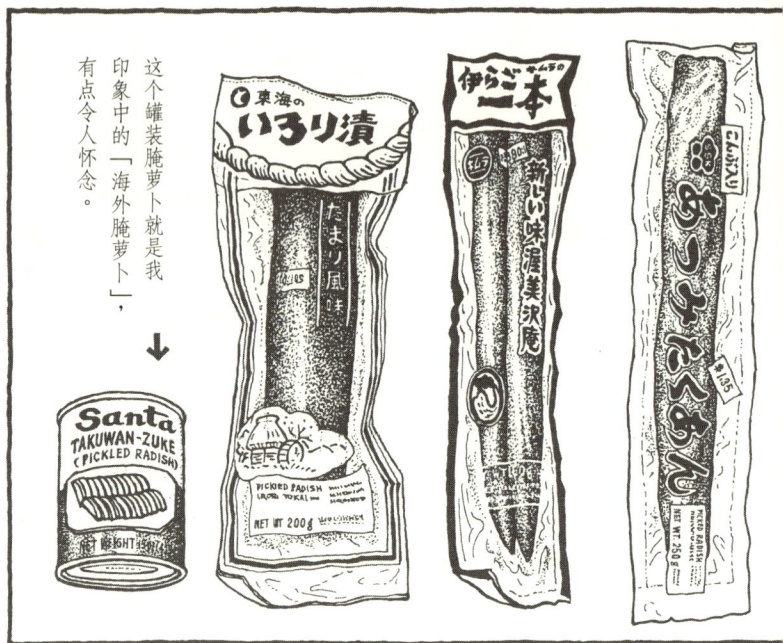

这个罐装腌萝卜就是我印象中的「海外腌萝卜」，有点令人怀念。

"田舍一本"，哪个是"添加海带"完全搞不清楚。再试又觉得腻，只好投降。真是够了。

你采访过正统古典派的"渥美风干腌萝卜"，我想我买的这种量产货是远远比不上，但味道其实都还不错，谨在此向你报告。

剩下的腌萝卜都送给那位帮忙拍照的朋友，不知道对方是高兴还是头疼。接下来这阵子，他们家里和冰箱都会充满腌萝卜的气味吧。而这次任务带给我的后遗症是，比以前更排斥腌萝卜了。

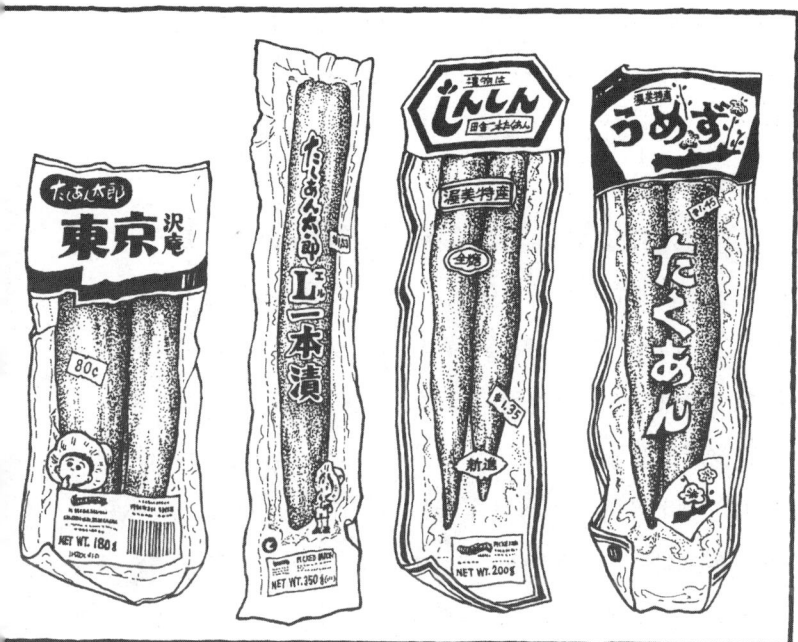

以上是"墨尔本腌萝卜报告"。

你真了不起！干得真好。我更佩服你了。要不是有个傻到底的傻蛋，不会想出"边走边啃腌萝卜"的企划，甚至还实现了。我深深体会到，要完成这样的任务光靠普通程度的好奇心是不够的。我也庆幸自己躲掉调查世界各地腌萝卜的命运……

小心身体。我回日本时要找我玩喔。

Bye bye.

岩城宏之

把他寄来的底片拿去冲洗，对焦很清楚。我用放大镜边看边画。其中包括我在丰桥市场现场切来试吃的腌萝卜，它也远渡重洋，登陆澳洲了。不晓得为什么，墨尔本似乎只见东海地区产的腌萝卜在奋斗。

收到岩城的信之后，过了几天，又接到一封来自美国达拉斯的航空信。寄信人是品川隆一先生，我并不认识。

他是《周刊朝日》专栏的读者，最近从《周刊新潮》布告栏得知，我想知道世界各地的腌萝卜情报，于是写信给我。

达拉斯的日本食品店"江户屋"贩卖12种腌萝卜。其中有美国当地生产的，也有日本进口的。他把12种商品名称和制造厂都详细记下，而输出到墨尔本的"东海渍物"和"新进食料工业"两家公司的"新堀腌萝卜""一本渍""海带腌萝卜"也在其中。

但在达拉斯，并非东海地区的厂商一枝独秀，还有来自爱知县、香川县、宫崎县、福冈县的产品。

最主要的消费者是只占达拉斯人口1%的日本人或日裔美人，但据说最近对日本食物感兴趣的当地人多了起来，有时候也会买买腌萝卜。前些日子，有位女性买了一大堆，店里的人非常惊讶，她说"要送给住在凤凰城的日裔男友"，真是出人意表的答案。

品川先生在达拉斯经营印刷机零件的进出口业务，有时兼做机器领域的口译。

他对腌萝卜很有一套想法，信上写着：

"很想亲手试做腌萝卜。一方面是提醒自己，在异地美国生活时不要忘了日本人的根，同时口味上的偏好也无法置之不理。

"我可以想象，早期日本移民为了吃到故乡的食物，煞费苦心制作腌萝卜的过程。

"幸运的是，这里出产萝卜，加上冬季相当严寒，只要下点工夫，'达拉斯腌萝卜'应该指日可待吧……

"毕竟从腌萝卜、味噌、酱油里头都可以看见日本，我想试试看。好吃的话再向您报告。"

另外还附上日本食品店"Edoya"的全景和所售腌萝卜的照片。

说到移民，那些移民巴西的人与腌萝卜之间，又有怎样的故事呢？

许多日本人在巴西定居下来，但炎热地区应该没办法腌萝卜吧？

有部名为《亚马逊之歌》的电视剧，由仲代达矢先生主演，富士电视台制作。朋友 T 君是此剧导播，所以去请教他。他们曾到当地出外景。

"没有腌萝卜呢。是有很粗壮的萝卜啦……当地称萝卜为'Nabo'，是日本人带进去的，据说原本没有。早期贝伦市民把日本人叫作'Nabo'，带有歧视的意味。角田房子小姐的《亚马逊之歌》（中公文库）是取材自臼井先生和中村先生的故事，这两位都还健在，你不妨直接向他们请教……"

于是他给我这两位的电话号码。

臼井木之助先生出生于明治二十八年（1895），现年 87 岁，还能清楚应对，对以前的事情记忆犹新。

日本人移民巴西始于昭和四年（1929），第一批出发的 43 个家庭共 189 人。

移民到陌生世界得有相当觉悟，而且耳闻想象和实际所见有很大不同。即便知道亚马逊河是世界第一大河，但眼前的河面竟宽广到让人心惊胆战。330 公里的河口足以和本州岛最宽的地方匹敌，相当于从面太平洋的房总半岛的天津小凑，到临日本海的系鱼川。

交付给移民者的土地也一样——亚马逊河流域沿岸丛林完全是大自然原有的模样。历经接连的挫折以及近二十年的艰苦岁月，生活总算开始步上轨道。

昭和八年（1933）4 月，包括第 13 批前往亚马逊河流域的 112 人，960 名日本开拓者搭上由臼井先生担任移民监督的船只，从神户出航。

在通风不良的船舱内，许多人因晕船与酷热病倒。这趟航行死了十人，两人在船上出生。

最早是一位 63 岁的女性，在驶抵新加坡港的前一天过世了。只有臼井先生、一位船员与遗族获准上岸，进行火葬。

至于其他人，虽然陆地就在眼前，却禁止上岸。因为两年前，也就是 1931 年，发生了"满洲事变"，各地反日情绪日渐高涨。

臼井先生在短暂的登岸期间，偶然去到植物园，买了胡椒幼苗。抱回船上时，对于幼苗能否撑过两个月的航程抵达贝伦港，完全没把握，但仍想试试看。

因为当地只能种植少数蔬菜，那时还没有哪项农产品已经足以作为经济作物，于是才兴起种胡椒的念头。幸好抵达时 20 株幼苗都没枯死，但众人对它们却没什么兴趣。

当地称胡椒"Pimenda"，原有的品种产量不高，所以人们对东洋来的新品种也不甚重视。任谁也没想到，这些幼苗后来竟成了支持移民的最重要农产品。

臼井先生心想，千里迢迢特地带去，丢了实在可惜，便随手移植到土里，并未悉心照料。

20 株幼苗只有两株存活，却成为开垦亚马逊河流域多美亚斯（Tomé Açu）地区的成功契机。加上战争使移民和日本母国完全断了联络，在一段相当长的艰辛岁月后……

昭和二十八年（1953），臼井先生带领战后第一批移民、28 个家庭抵达巴西时，受到多美亚斯日本移民的热烈欢迎，被视为大恩人。

"当我抵达久违的当地，看到因为 Pimenda 栽种成功，大家生活不再拮据，富裕的人也多了，因此才向圣保罗机场来的人要些腌萝卜吃。现在不晓得怎样了呢。也许是从日本直接进口吧。总之那边气候炎热，没办法做腌萝卜。当初移民开垦时，大家抱着破釜沉舟的决心栽培作物，拼命努力，大概也没心情想腌萝卜的事吧。

"我是移民监督，来来去去的，没有定居，所以不太晓得。关于萝卜的事情，我想中村先生应该更清楚。"

于是马上向中村浩三先生请教"Nabo"与当时移民的情况。

贝伦是迎接日本移民船的港口，辅导移民迁往内地的公司"南米拓殖株式会社"，根据地就在这里。

生于明治四十二年（1909）的中村先生现年 73 岁，昭和五年（1930）20 岁起在贝伦住了五年。当时他是最年轻的员工，因此什么工作都得做。

他负责从贝伦前往多美亚斯开垦区，借亚马逊河船运输生活必需品，并且将采收的蔬菜带回贝伦贩卖。

"刚开始能收成的只有日本带来栽培的蔬菜。好不容易成熟，心想多少赚点补贴，便把小黄瓜、茄子、西红柿、葱、萝卜装上船运到贝伦，努力推销。但是一直卖不出去，很伤脑筋。"

卖不出去并不是因为质量不好。相反地，勤恳的日本人既然要种，就会努力种出高质量的蔬菜。卖不出去的理由是当地人没有吃蔬菜的习惯。

在那之前，巴西当地的蔬菜大抵只有小芜菁，类似小松菜的青菜，以及土耳其人种植的大茄子、小西红柿等。这些蔬菜在当地人眼中可有可无，更别提改良品种了。

"日本人种出来的萝卜个头之大，当地人从没见过，都吓一大跳呢。品种是练马萝卜，说实在的，在日本人眼中那哪算大啊……"

想卖出"Nabo Japanese"，必须先教会当地人如何食用。

"负责贩卖的村上辰之助先生尤其卖力，到处示范如何烹调，请人试吃。最常买的是英国人，他们有很多在港口做管理工作，或在电力公司上班，他们把萝卜切了煮汤，和日本人的做法不同，但对于愿意购买的英国人，我们总是心存感激。"

"曾经试过腌萝卜吗？"

"既然已经种出不错的萝卜，手边又有米糠、麦麸、玉米等材料，当然试过了。但气候太炎热，只能做出一夜渍，腌萝卜实在没办法。"

"在巴西那段期间，都不曾吃过腌萝卜？"

"每隔三个月会有船班从日本来到贝伦，我会登上停靠港里的船只联络事情或收取货物。他们问我有没有想要什么，我说'大家想吃腌萝卜'，于是就送我了。

"收到腌萝卜很高兴，但是一搭电车，车厢里全是腌萝卜的气味，吃了不少白眼。其他乘客好像很受不了。但对日本人来说，这可是慰藉心灵的'故乡的味道'……

"我们对腌萝卜抱着思念，但终究见不到当地产的腌萝卜。"

访问中村先生后，又得到另一项来自海外的消息。

相识的佐野昌弘先生告诉我与移民关联颇深的城市——洛杉矶的最新腌萝卜情报。

佐野先生不仅是摄影师，还是一家多媒体公司的社长。

他前往洛杉矶参加多媒体国际商展与会议，为了追寻腌萝卜的我去到日本区 "Little Tokyo"，将超市里陈列的腌萝卜全部拍下来，还做了笔记。数一数共有 17 种，他吓了一跳，但当地人说 "加迪那（Gardena）更多喔"，于是他又跑去了。

从洛杉矶市中心过去大约三十分钟的车程，也许出于邻近机场的地利之便，最近不少日本公司进驻，日本人也增加了。因为有以上背景，腌萝卜的种类和数量跟着多起来。日本超市里居然摆着 22 种！比小东京还惊人。

"连在日本也没见过那么多种腌萝卜摆一起呢！"

虽然购买的美国人仍占少数，但有专程从外地来采购的……据说都是因为习惯了寿司的酱菜滋味，进一步成为喜爱日本食物的腌萝卜迷。

"我去的时候正逢日本料理的热潮。五六年前日本料理被视为减肥食物，也红过一阵子。但这次不同，在一般人之间也大受欢迎，寿司更是广受好评。我在中国餐厅吃饭时，有个风尘仆仆的摩托车年轻骑士，一进店里就说 '请给我 Mushi'，店里的人回答 '请去日本料理店，我们店里没有 Sushi'。让我吃惊的是，就算口误说成 'Mushi'，店家也马上就意会了。

"有一次坐出租车，司机还跟我说'寿司很好吃'。对他们而言，寿司已不再是昂贵特殊的料理了。

"在纽约，寿司加生鱼片的定食非常流行，就连在洛杉矶、达拉斯、夏威夷等地，'综合定食'更是当红——天妇罗、烧肉、炸猪排加生鱼片，四种料理盛在大盘子里端上来，真是不可思议的套餐啊。有的还加上寿司……对我们而言，分量实在太多了。不知怎的，当地人只要一说到日本食物，神情就变了，感觉很妙。

"'为什么这么喜欢寿司？'我在会议后的派对上这么问，结果：

"'这种吃法是我们文化中所没有的。一般来说，料理都是在厨房做好才端出来，但寿司是在客人面前快速完成，而且厨师还边和客人聊些料理以外的话题，这种技巧真是令人惊讶。对于不知道有这种饮食文化的我们而言，真的非常震撼。'

"'还有，可以依照自己的口味与食量请帅傅捏制，也是寿司的优点。例如一般店家不可能接受客人只点五个。就是被这种自由度吸引，我们才逐渐爱上这原本不熟悉的食物。'

"'使用难以想象的材料做成的海苔卷现在也是我的最爱。我认为腌梅子、纳豆、牛蒡丝都是健康食品，而且还很美味，真是令人感动。'

"不好意思居然让你大受文化冲击。不过美国的寿司好吃，这一点我深有同感。"

佐野先生也频频点头：

"近年来加州米经过改良，越来越进步，加上寿司的食材鲜度够、种类又丰富，简直要超越日本了呢。尤其鲔鱼更是棒极了。

"有人说'最棒的寿司在美国！'虽然是半开玩笑，却也不假。

"有一次我在迪斯尼乐园为小朋友拍照，那孩子的母亲说：'一次也好，我想到日本吃一次地道好吃的寿司。我好喜欢寿司。'我听了还真是有点不知所措。'美国寿司真的比日本好吃，如果为了寿司去日本，实在不是好计划。'即使我这么说，对方还是不相信……

"这年头，若想尝到好寿司或传统风味的腌萝卜，非得去到海外不可，真妙。日本美术品也是，一旦注意到了，才发现已经有相当数量远渡重洋了。"

虽然腌萝卜海外篇已经够长，但我还想画蛇添足，再加上纽约的腌萝卜。因为我突然动身飞往纽约，啃萝卜去也。话虽这么说，其实并非为腌萝卜专程跑一趟，而是为了本行——舞台设计，到当地和导演讨论。

停留期间只有五天，每天从早到晚开会，晚上还要去剧场看表演，想尽可能多多观摩，非常贪心。在紧密行程中，心里念念不忘"腌萝卜、腌萝卜！"抽空在纽约四处探访，简直像为了它才来的。

偶然在旅馆的餐厅遇见"东京 Kid Brothers"的人，他们是第四次来美国公演。东由多加先生想起佐治村"樱桃乌托邦"的采访，笑着说"你还在追着腌萝卜跑啊！"

首先来到百老汇正中心的日本餐馆"Iroha"，点了寿司，和当地腌萝卜有了第一次接触。鲔鱼腹肉和海松贝当然好吃，但腌萝卜才是我的目标。

落座之后草草点了寿司，然后就说想知道店里腌萝卜的产地和厂商。好像行不通。店家对这个只讲究腌萝卜的怪客人相当警戒，只说：

"厨师现在很忙，希望您稍候一下。"

我竟然当真，枯等到店家休息，还是没得到回答。

接着去到有名的"吉兆"，在那边也是：

"请问有没有腌萝卜？"

"有的。……请问您要点什么？"

"请给我天妇罗定食和腌萝卜。你们店里的腌萝卜是日本进口的吗？"

我又耐不住性子了。完蛋！才这么想，果然帮我点菜的女服务生满脸诧异地往里头走。

不久之后她出来了，但没有朝我这边走来，而是向坐在吧台喝东西的太平河登先生小声询问。太平先生在纽约住了17年，举凡百老汇大小事，问他就对了。

店里的人看我认识太平先生，便向他打探我的来历。

"那位不是腌萝卜业者啦。别担心，尽管回答他的问

题吧。"

如果没有太平先生帮腔，我一定也得不到答案。

"吉兆"的腌萝卜很地道。是宫崎市"野崎渍物株式会社"真空包装的"千本渍"，从日本冷藏海运进口。

"我也想瞧瞧这里日本食品店卖的腌萝卜呢。"

坐在太平先生旁边的同业仙石纪子小姐居然也很感兴趣：

"那么我向太平先生借车，当您的司机好了。"

她的朋友富士电视台分局长O氏也同行。

"我们先到中国城的中国食品店吧。"

我正纳闷为什么要去那里找腌萝卜，她补充说：

"很多日本人也会来这边买蔬菜，因为既新鲜、种类又多呢。"

原来如此。店里也看得到日本女客人，各式中国食品中摆着两种真空包装的腌萝卜："栃木县小仓食品"制造的"日光腌萝卜一本渍"以及崎玉县川越市"盐野渍物"的"Tokyo 腌萝卜"。

"日本食品店里种类比较多，但到底会有几种呢？"开始觉得有趣的O氏，也说要陪我们到最后。

接下来拜访的是众所周知的老店"Katagiri"，但我们抵达时已经超过营业时间 30 分钟，门已经关上了。

好不容易才来到这里，于是把脸凑到玻璃前，看见店里有人影走动，便拍打玻璃门，隔着门告知我们的来意。

在治安不好的纽约，怕惹上麻烦，店一关上就不会再开门的。答案不出所料：

"请明天再来。"

"不好意思，我明天就得搭飞机回东京了。"

对方可能吃了一惊，竟然有人在回日本前一天还特意来买腌萝卜。这种怪客人即使不想理会，也很难拒绝吧。

我隔着玻璃门，花了很多时间解释。

"了解了。只买腌萝卜是吧？那就请尽快解决吧。"

对方打开店内的灯，让我们进去。

这里除了食品之外，还有衣服、餐具等，样样俱全。我虽然充满好奇，但忍了下来，直接往摆放腌萝卜的角落走去。

大大的玻璃门冷藏柜里放着各式腌萝卜，"终于碰面了！"于是每种都买了。

话虽如此，纽约这家店里只有八种，远不及洛杉矶的 17 种、加迪那的 22 种。

"要回旅馆试吃吗？"

O 氏问我。但这些和日本超市卖的一样，都是真空包装，其中几个牌子我也知道，于是，虽然对眼前的腌萝卜实在抱歉，但我已经完全没兴趣试吃了。

"当成礼物全部送您。我只要记下厂商和名称就够了。"

我蹲在大楼之间的角落，从纸袋一一取出腌萝卜做笔记。这里也是由爱知县拔得头筹，共五种。宫崎县两种，静冈县一种。

"好重啊。不知道几天才吃得完。"

帮我拿着纸袋的 O 氏喃喃自语，脸上没什么高兴的表情。

虽说离日本越远，越能显现它的稀有，但从他一闪而过的困扰神色，我明白了腌萝卜在餐桌上的分量和地位。

腌萝卜毕竟只是腌萝卜啊。

樱岛

鹿儿岛

西鹿儿岛

萨摩半岛

鹿儿岛湾

山川

枕崎

指宿

大隅半岛

佐多岬

N

从山川渍
回归原点

❖

（鹿儿岛县·山川 · 滋贺县·比睿山）

一听到"歌剧",很多人都会摇手:"我……"

歌剧似乎被视为只有少数人能享受的"特殊艺术"。

但为什么歌剧在九州岛一带如此盛行?

"60%以上的歌手,包含流行与古典音乐,都是九州岛出身——或多或少有些关系吧。意大利、西班牙的气候风土孕育出爱唱歌的人民,大概也是类似情况。"

有人这样分析。的确,放眼望去,欧洲歌剧明星中人称美声歌手者,几乎全是意大利或西班牙出身。

九州岛各县都有歌剧团,县民歌剧活动非常盛行,以风土来解释,颇具说服力。

而且,九州岛人以前就豪气万千,"我们的文化可不是从中央来的!"被视为外来文化的歌剧会广受县民支持,发扬光大也就不难想象了。

虽说目标在于"凭己力打造",九州岛人却没有排他的心态，还拥有强烈的探求心和充沛活力，会从东京邀请许多工作人员及专家共同参与。我也是以舞台设计的身份几度获邀合作，工作时都折服于他们的热心，有些招架不住。

大分县民歌剧团取材当地民间传说，创作歌剧《吉四六升天》，巡回东京、大阪、九州岛，远赴中国等地举行海外公演。宫崎县歌剧协会也将平家落人传说①改编成歌剧《鹤富》，观众更容易融入作品，产生共鸣。这点也和东京不同。

活力充沛的鹿儿岛歌剧协会亦然，不但每年持续公演，还根据冲绳传说，创作出极富地方色彩的歌剧《Kantomi》。鹿儿岛首演之后移师东京，甚至远赴中国香港演出。即使制作成本高昂造成赤字，海外巡演依然进行，果然很有"九州岛歌剧"的气魄。

《Kantomi》在东京公演时，我在大厅被事务局长 N 先生逮到了。

"为什么没有采访九州岛？"

原本以为要谈歌剧，结果竟然是腌萝卜。

"我写了宫崎县的土吕久啊。"

"那篇的重点不在腌萝卜呀。腌萝卜主题最后被抛到九霄云外，这理由我懂，但还是想读到一篇彻底采访九州岛腌萝卜的文章。鹿儿岛生产的山川渍如何？"

---

① 平家落人传说：相传八百多年前，平家落败逃到汤西川温泉，过着隐姓埋名的落难生活。

"山川渍不算吧？它又没用到米糠……我锁定的是'用米糠和盐腌成的腌萝卜'。"

"可是山川渍算腌萝卜喔。它应该是日本最南端的腌萝卜……"

"日本最南端的腌萝卜。"这句话马上吸引了我。

我请教酱菜商，得到的答复是：

"山川渍属于腌萝卜的范围。虽然它有点特殊，但或许可称为腌萝卜的起点呢！"

又是让人无法充耳不闻的说法。所谓"腌萝卜的起点"是什么？

看来还是非走一趟不可。

加上是日本最南端，我决心把九州岛当成腌萝卜的最后一站，就此出发了。

说到决心，还有另一件事，此行要尽量避免和九州岛的歌剧人碰面。否则一定会从山川渍离题，变成了"歌剧渍"……

我先飞到鹿儿岛，再从西鹿儿岛车站搭乘"指宿枕崎线"。

我在"山川站"下车，看到一个告示牌："国铁本州岛最南端车站"。

终于来到最南端了——转念一想，且慢！

我搭的那班电车还继续往南开，这里称为"最南端的车站"，似乎不太对。

折回检票口询问，结果，

"再往下是无人站，所以就有国铁职员驻站而言，这里是最南端车站没错。"

这解释听起来有点道理，又好像怪怪的。

即使有电车驶经，但只要没人，就不算车站？

看到车站里四处矗立着"反对废止枕崎线"的牌子，才知道这条路线是赤字经营，有人提议废线。

我出了车站，又折回来。

"请问站名念作 Yamakawa 吗？"

"是的……有什么不对吗？"

票口的站员满脸不可思议的神情。

"我以为是叫 Yamagawa……所以应该叫'Yamakawa 渍'才对啰？"

"不，酱菜念成 Yamagawa，站名则是 Yamakawa……至于为什么是这样……"

对方有点困窘的样子。

"啊，没关系，我只是想知道山川渍该怎么念而已。"

我这人常常会突然追究起鸡毛蒜皮的小事，发现自己害站员先生伤起脑筋来了，赶紧离开售票口，走向公共电话。

鹿儿岛歌剧协会的 N 先生交代我，到了车站就打电话给町公所农林课。他推荐我来采访，所以全都帮忙安排好了。

趁公所派来的车子还没到，我在车站附近逛逛。没有土产店，也没小吃店。幸好在西鹿儿岛站吃过早餐才来，否则无法忍受饿肚子的我可要叫苦连天了。

这里没有林立的店家，取而代之的是温暖的冬阳。

去年在"南国土佐"冻得发抖，这回的山川则是暖呼呼的，好像在证明这里确实是"本州岛最南端"。我这个怕冷的人也得以安心脱下外套。

可能因为只有我在车站前，一辆车毫不犹豫地在我旁边停下，开了车门。

"让您久等了，请。"

前来迎接的是农林课园艺主任，新村俊一先生。

"今天让我来当您的向导。"

他看我有些不好意思，很明快地说：

"这是我分内工作，请不必客气，也算是为山川渍做宣传。"

我这才松了一口气。

在镇上穿梭时，飘来阵阵熏制柴鱼的香气。

"我可以开窗户吗？"

"请。您喜欢这味道吗？"

我虽然不爱吃，但听说这里的柴鱼产量占全日本的三分之一，我想用鼻子来确认一番。

山川町水产业的各种渔获量中，也是鲣鱼居首。

"如果这么有兴趣，要不要带您去参观柴鱼的制造过程？"

"不不，我只要看山川渍！其他东西就谢谢了。"

好险!

回答语气之坚决，是为了提醒自己不要离题。幸好没把新村先生吓一跳。

首先跑一趟町公所，取得"町势要览"。不管到哪里，我都习惯先拿到这种小册子。

村子一定会有"村势要览"，城市则是"市势要览"。从里面的照片、图表、统计数字等数据，可以清楚了解当地的人口、产业、经济、行政等各方面情况。

因为是文宣品，每个村子看起来都是"绝佳的好所在"。即使经过种种包装，这种小册子还是了解一个地方的重要资料。

根据町势要览，"平治年间（1159年左右）的文献记录首见地名'山川'，庆长十四年（1609）为萨摩岛津藩的贸易港，此后急速发展。"

文禄一年（1592），丰臣秀吉出兵朝鲜，命岛津藩主岛津义弘率领121艘军船出征，当时也是从山川港出发的。

从此港出发攻向朝鲜的军力，据称达"一万余"。当然，军粮需求也大。军队向这一带农家征收山川渍，当成可长期保存的食物装载上船。因此山川渍早在江户时代之前就有了。

泽庵禅师用米糠腌制萝卜时，相当于德川三代将军家光的年代。山川渍比它还早。但究竟山川渍有没有使用米糠？

"嗯，完全不用米糠。现在也没有。"

"果然如此！这可麻烦了！"

我满脸狼狈。公所的人看到我的慌张模样也吓了一跳。

"不可以吗？"

"事实上，我在各地探访的是'使用米糠和盐的腌萝卜'，如果没有米糠的话……"

"既然您都已经来到这里了……"

"当然还是要参观。我对山川渍也很感兴趣。"

"鹿儿岛的歌剧老师跟您说加了米糠？他应该知道吧？"

或许N先生知道，但为了让我实际见识山川渍，多了解一些，还特别说"请去看看真货"，讲得仿佛有假货似的……

"参观前我想先请教一下，山川渍是否有一般人难以分辨的情形，例如真假之分？"

"不……假货这个说法并不恰当。确实和以前的山川渍有点不同……那是因应时代变迁和消费者喜好才衍生的新产品。为了和以前的有所区别，才叫作'新山川渍'……"

"什么地方不同呢？"

"首先是品种。以前用练马萝卜，新的是理想萝卜。与其在这里说明，不如实际参观一下使用练马萝卜的古代制法，然后加以比较……"

农林课长桃木安德先生也加入我们，一起坐上新村先生的车出发。从镇上突然陡斜的地形推断，水很深，因此适合设置港口。另一方面，水田少，意思是稻米产量不多，加上气候过于温暖，也许这正是此地没有米糠腌萝卜的原因。

我擅自做了以上推理，他们两位也同意：

"大概是这样吧……"

车子在一间屋子前停下，里头传来像是水车转动的咕咚声响。这儿是上久保善次郎先生府上。

善次郎先生生于大正十二年（1923），热衷于传承山川渍，曾接受ＮＨＫ采访……

草草问候之后，马上领我们参观制作过程。

正如我想，咚咚声来自电动马达。与水车同样原理，六只杵交互落下，捣着干萝卜。

坐在机器前的两位，趁杵往上的空当搅拌臼里的萝卜干。这跟捣年糕的方法类似，不时在上头洒水。

"那是什么水？"得凑到耳边大声问话，才不会被咚咚声盖过去。

"海水。"

"什么？"

"是海水。洒水加上杵捣，可以洗掉萝卜上的泥土。这步骤非常重要，因为可以使萝卜质地均匀，山川渍和其他酱菜的差异正在于此。"

确实不一样，我有些惊讶。海水是在海边汲取，再用车子运来。

"从前就是用海水捣制。如果用一般的水，捣制时水分渗入萝卜，萝卜会泡得更涨，但是海水能使萝卜更加结实。然后把这些放在房间里，摊开晾干。"

搞了 15 分钟的萝卜摊在竹席上晾一整天，水分便可完全去除。上久保先生拿起一条，边折边说明：

"必须能弯成の字状才算过关。如果不是晒上一个月左右的萝卜，没办法弯成这样……"搞过后晾上一天的萝卜得再搞一次，这回不浇海水，改在萝卜上撒粗盐。

接着放进壶里，从底部毫无间隙地密密排上来，边撒盐边堆高。虽然制法类似腌萝卜，但山川渍只撒盐，而且不压重石。此外，壶底还铺了沥水板，这也是很大的不同之处。

之所以铺上沥水板，是避免壶底的积水回渗到萝卜

马达带动木杵，交互落下，搞着萝卜

腌制山川渍

萝卜干

装海水的桶子

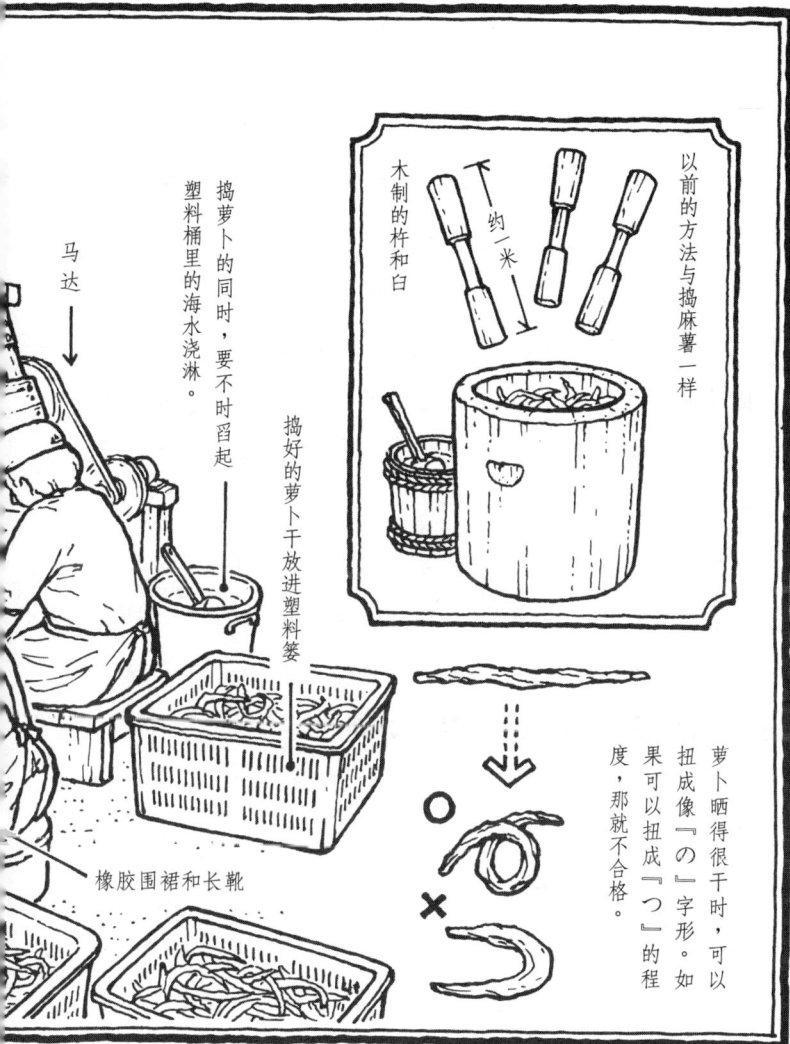

以前的方法与捣麻薯一样

木制的杵和臼

约一米

马达 →

捣萝卜的同时，要不时舀起
塑料桶里的海水浇淋。

捣好的萝卜干放进塑料篓

橡胶围裙和长靴

萝卜晒得很干时，可以
扭成像『の』字形。如
果可以扭成『つ』的程
度，那就不合格。

○

×

里。一般的腌萝卜如果生出水分，会被米糠吸收，但山川渍最怕有水汽。

壶里摆满萝卜，但不压重石，然后用塑料布和纸牢牢密封，避免与空气接触。虽然没从上方加压，萝卜依旧会释出水分。

很多人都以为萝卜的水分是重石压出来的，并非如此。如果在壶底光放萝卜不加盐，压上重石，隔天会发现萝卜被压扁了，却没有释出水分。相反，若将萝卜抹上足够的盐，但不放重石，壶底反而会积了相当多的水，非常不可思议。由此可知，水分并非靠重石压出来的。

现在有很多量产腌萝卜就是运用这个原理。为了节省日晒时间，生萝卜直接放进渍物槽，以盐去除水分。而山川渍所使用的萝卜得先经过三十天左右长时间干燥、体积缩减为原来的五分之一后，再加盐腌制，以彻底去除水分。

萝卜腌过一阵，原本塞满的壶里会出现空隙。虽然萝卜已经晒得相当干了，还是会有水分渗出，积在壶底，得以抽水管连续抽三个月。

腌上两个月就会开始散发独特的香气，六个月后开始转为褐色。这时已经可以出货了，但若能满一年，风味更佳。这弯弯的萝卜已经干透了，就算放了两三年也不会发霉，正是山川渍的特色所在。

作业场的下面是腌制场。半地下的房间里并排着许多大

也可以在坛底开些小洞排水（抽水管）

坛底积水以泵、管子抽出。三个月过后，萝卜干的水分完全去除，就不再生水了。

大大小小的坛子摆在一起。据说可以装 500 至 700 公斤。这个坛子高 120 厘米，直径 80 厘米。

为了阻隔空气，使用纸及塑料布双重密封。

萝卜干装得满满的

沥水板

管口要剪成斜面，才能吸光沥水板下的水。

壶，散发出山川渍的香味。

"近来越来越少人懂得欣赏这香气了。还有人说颜色太黑……但是黄色的山川渍实在很不自然。腌了之后一直放着，自然变成这样的褐色了。"

咚咚声停了，突然变得好安静。

"现在是休息喝茶的时间，要不要到上面？"

"那么就请让我尝尝山川渍吧。"

切成薄片的褐色山川渍放在碟子上，和茶一起端了出来。

"就这样直接吃吗？"

"原本是，但最近大家都把它泡在三杯醋①里食用。"

"什么？那种吃法是最近才有的？"

"昭和三十年代后半期才发明的。之前都是直接吃呢。"

放进嘴里，独特的口感和香气在口中扩散开来。

头一次尝到这种口味。和之前吃的山川渍味道不一样。

"您可能还不习惯……一旦熟悉了这个味道，很容易上瘾喔。"

可惜的是，我的舌头已经习惯了用三杯醋加工的口味，失去鉴赏纤细原味的能力了。

"没关系没关系，怎么吃都可以……"

上久保先生这么安慰我。

这时又传来咚咚的声响，休息时间结束了。

"没有机器的时代是怎么作业的呢？"

"在木臼里放进萝卜，两三个家庭主妇拿杵从早捣到晚，而且天天如此……"

"这可是非常粗重的工作啊。"

---

① 三杯醋：醋、酱油和味醂以同比例混合而成。

"真的很辛苦，因此没办法做太多。有了这台机器，真的轻松很多，而且产量还足以贩卖。但即使这样，大部分作业还是得靠人力……"

虽然机械原理很简单，却让主妇们从重劳动中解放出来。这是由谁设计的呢？一如往例，我想跟发明者碰个面。

"发明这机器的西真造先生已经过世了。去问他的儿子丰通先生可以得知详情。他对山川渍也有独到见解喔。"

离开上久保先生家时，他送了我五根正宗的山川渍。我很高兴地抱着上了车。

"西先生在田边盖了工寮，这时间应该在那边。"

走在大片的萝卜田中间，到处林立着晒萝卜的棚架。东海吹来的季节风不断，这一带是高地，没有屏障。而这风正是制作山川渍不可或缺的一环。

看到这么多萝卜架，上头萝卜分成沾了泥巴和雪白洁净的两种。干净萝卜占大多数。

"沾着泥巴直接挂上的是练马萝卜，洗过的是理想萝卜。如您所见，眼前景象正代表着山川渍和新山川渍的现状。"

"您的意思是，洗过再晒的理想萝卜收入比较好？但是洗很花时间吧？"

"虽然这个阶段很花时间，但之后当成萝卜干批出去就好了。这些都是酱菜大厂委托我们栽培的，晒干就直接买走。最近有很多农家都跟我们一样。"

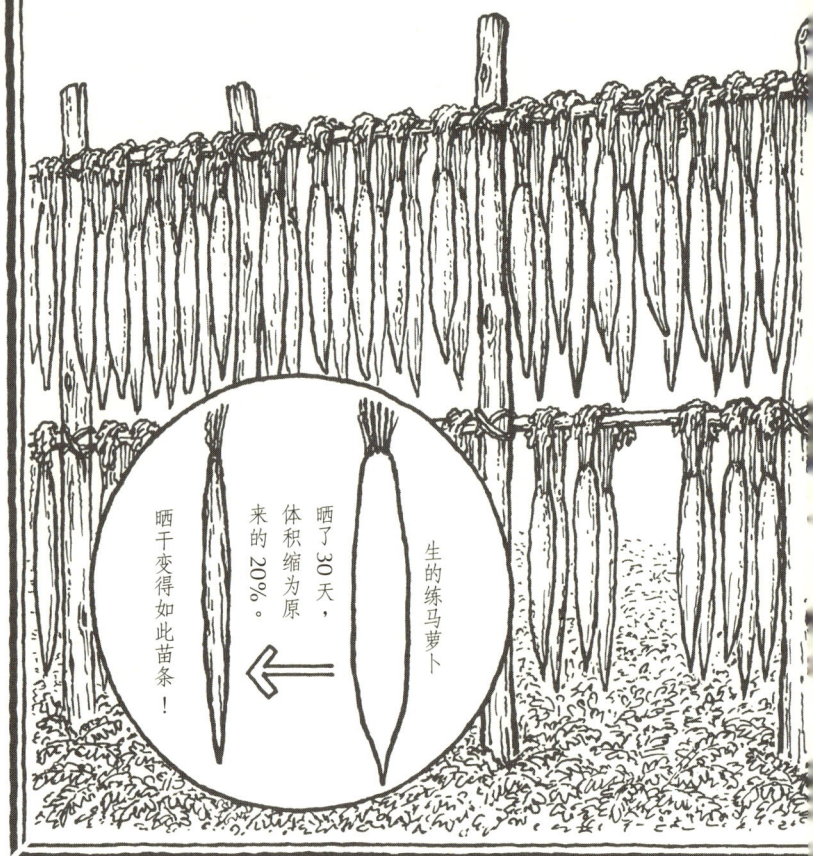

10 户腌制山川渍供自家食用，只有四户是为了出货而腌制的。

生的练马萝卜

晒了30天，体积缩为原来的20%。

晒干变得如此苗条！

山川萝卜田风干萝卜的情景

练马萝卜风干一个月，再经长时间腌制的山川渍成品每公斤约6000圆。理想萝卜晒一两个星期就可以直接出货，每公斤约两千圆。相比之下划不来，原本的山川渍因而减产。

我还是不了解为什么理想萝卜要先洗过，后来才知道这是方便酱菜商直接腌制，加快量产速度。

"练马萝卜沾着泥巴晒的原因是，为了长期储藏，萝卜表面要尽可能保持完整。在田里风干一个月，也是出于储藏的考虑，也因此山川渍有它独特的坚硬口感。此外，干燥能提高甜度，更添自然的风味……"

不过最近消费者的偏好有了转变，他们不喜欢太硬的口感，加上不需要长期储藏。这么一来，没必要长时间风干了，质地比较柔软的理想萝卜便脱颖而出。至于自然的甜味，可以在切片后添加三杯醋补足。如果一年内吃完，只要晒一两个星期就够了。就是在这样的背景下，才衍生出新山川渍。

西先生正在温室种蔬菜。

他住在镇上，每天到山里下田。他曾经腌制山川渍，还出货到东京，现在已经停产。真是巧合，我曾在银座贩卖全日本各地酱菜的"若菜"商店，买过西先生制作的山川渍。

"现在要我做来送你，得花三年的时间喔。目前的栽培重心是蔬菜……我也想做出傲人的山川渍，但效率实在太差，很犹豫。虽然还没完全死心，但眼见这年头已是新山川渍的天下，实在有些泄气……"

回头一想，我吃的也不是西先生原本腌制的山川渍，而是添加了三杯醋的再制品。

"其他地方的人不习惯那独特的气味和硬硬的口感，这也没办法。同样味道，有人闻着就是会觉得臭。对于习惯黄色酱菜的人来说，看到黑色腌萝卜会觉得怪怪的，放进嘴里一咬，又太硬，山川渍的特征好像都变成了缺点，真悲哀。"

从他口中，我听到和上久保先生一样的感慨。

丰通先生生于大正六年（1917）。他的父亲，也就是设计出萝卜捣制机的真造先生则生于明治二十一年（1888），82岁过世。真造先生以前就喜欢研发各种日常用具，萝卜捣制机是备受村人欢迎的机器之一。

"虽然原理很简单，但到昭和三十七年（1962）试作机完成之前，吃了不少苦头。力道过大萝卜会碎掉，后来是加了弹簧杆才能自动弹起来，这是成功的关键。"

好用的机器完成了！附近的人都非常感激，而且迅速普及，三年内就生产了四百台。

"但讽刺的是，这附近山川渍的质量却急速下降。"

"？"

"在这之前，腌制萝卜属于重劳动，无法量产。现在机械取代人力，就一直捣一直捣。捣制的机器闲置实在太可惜，所以连还没有干透的萝卜都放进臼里了。

"这里是南国，偷工做出来的酱菜马上就酸掉。要做成山川渍的萝卜必须彻底晒干，这样才能长期存放，这是前人累积出来的经验。"

量产造成山川渍质量下降，以及用三杯醋加工，这两件事在时间上是重叠的。

多了原本没有的酸味，研究时试着加入三杯醋，因此才意外开发出好吃的新口味吧。得以量产的山川渍为了拓展通路，就不能太拘泥于本地人喜欢的口感、颜色及硬度，所以也不能苛责这个新口味。

"这么说也没错。现在的酱菜已经不需要长期存放了……只是一想到大家都把用水泥槽腌的理想萝卜当成山川渍，就有点可悲。虽然没什么大不了，但这个自古流传的山川渍应该要好好传承下去。因为酱菜也是一种文化啊。"

谈到文化，一直以来，山川渍在这里都被称为"唐渍"。因为是腌在壶里，又叫作"壶渍"，现在则统一叫作山川渍。

之所以称为唐渍，要追溯到很早以前。

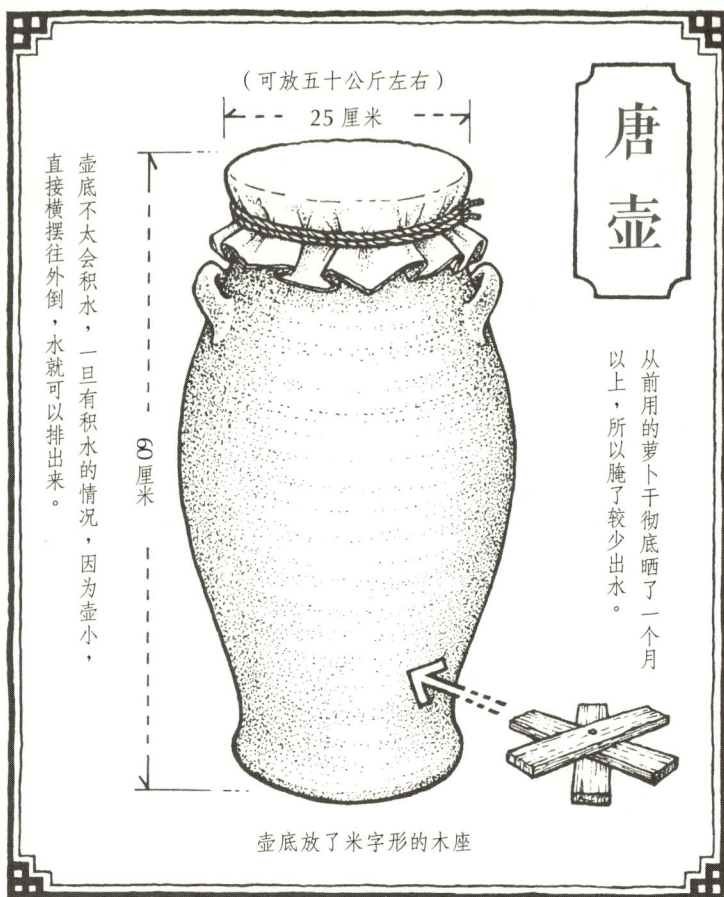

唐壶

（可放五十公斤左右）

25厘米

80厘米

从前用的萝卜干彻底晒了一个月以上，所以腌了较少出水。

壶底不太会积水，一旦有积水的情况，因为壶小，直接横摆往外倒，水就可以排出来。

壶底放了米字形的木座

在岛津藩被指定为正式贸易港前，山川早因走私而繁荣。如今山川町中央还遗留着"唐人町"的地名。明朝时，中国大陆的商人都住在这一带。他们渡海而来，也引进了新文化。

根据传说，腌制山川渍不可或缺的大壶正是唐国商人带来的。以唐壶腌的，因此称为唐渍……

我在上久保先生家里看到了古老的壶。曾经实际用过，但容量太少便闲置了。壶身细长，形状很有趣。

听说用这种壶的时候，萝卜得晒更久，简直像鱿鱼干的程度了。

还有一种说法是，腌制方法由唐人传授，但没有任何足以佐证的数据……

听完这些，我突然想到，制作酱菜时，日本人习惯用重石加压，中国、韩国的酱菜则不然。此外，既不用米糠，也没有酸味。

这几项共同点在山川渍上也可见到。在日本酱菜中，山川渍便显得十分特殊了。

日本人喜欢酱菜带点酸味，例如柴渍[①]、生姜渍和辣韭渍等等，但中国和韩国似乎没有酸味酱菜。这和山川渍既有的原则——"一旦发酸就算失败"不谋而合。

我在韩国旅行时，吃到的韩国泡菜也少了些酸味，和在日本吃的不一样。

我想起那时候，住过日本的韩国友人笑着说：

"那个不行。人在日本的时候，就算泡菜带点酸味我也吃，但在这里早扔啦。"

---

① 柴渍：京都名产。切段的茄子、小黄瓜和紫苏叶，加入酱油、醋、味醂、辣椒一起腌渍。

是否真的扔掉不得而知，但可以确定的是，他们认为发酸了表示质量有问题。

这么说来，山川渍的族谱应该可以溯及彼岸的大陆啰？

眺望辽阔的海面想着这些，心中突然涌上许多感慨。

虽说我再怎么爱追根究底，也不会继续往源头的大陆去，但……

回到鹿儿岛的饭店，歌剧协会会长Ａ先生和推荐我走访山川渍的Ｎ先生已经在等我了。

这一次，虽然说好不谈歌剧，终究还是聊到了。九州岛各县的歌剧团即将在福冈举行"九州岛歌剧节"，他们希望我担任舞台设计，我也答应了。真是服了Ｎ先生。

"山川渍很有意思，但没有加米糠啊！"

"是这样吗？但您了解真货与假货的区别了吧。"

"这种说法不恰当哟。用古法制造和新产品来形容比较妥当……"

我的口气像极了山川町农林课的人。

隔天早上，我在两间超市买了各种山川渍。在水泥槽里用理想萝卜腌出来的产品也标上"山川渍"字样，没做区别。也有产品就叫"壶渍"。有的是真空包装的传统山川渍，有的则切片处理好了。

我照例带回旅馆房间试吃。以前不晓得口味有什么差别，走了一趟山川町，现在懂了。

我一个人，一下子点点头，又歪着头思索了一阵。

觉得也该采访一下工厂量产的"新山川渍"，于是照着包装上的电话号码，打给五间厂商。

其中四间的回答都蛮一致的，好像对采访很感疑虑。虽然我是抱着好意，想多了解新山川渍，但对方好像有点不自然，一副心虚的口吻：

"我们不是真正的山川渍，所以……"

像这样说自己是假货，实在很奇怪。

只有名叫"中园久太郎商店"的酱菜厂回答我：

"欢迎欢迎。传统山川渍与新口味我们都生产。"

出租车在市区外的几栋大仓库一角停下。这间公司比我从名字想象的来得大。引导我参观工厂的是生于昭和十五年（1940）的吉田正德先生，名片上写着"研究室长"。

"其实我们生产各种酱菜。不因应消费者的喜好会卖不出去，所以得不断开发及改良产品。我们在山川町也有工厂，传统山川渍取名'山川一本'，真空包装贩卖。只不过很可惜的是每年销量持续递减。相反，新山川渍在全日本的销量增加，这是时代潮流啊。虽说风味各有不同，还有个人喜好的问题，但……对于消费者及商店的要求我们无法置之不理。"

"仓库中有很多'雪白腌萝卜'，这也是为了迎合消费者的喜好吗？"

"现在是追求无着色、无添加的时代，每家厂商都生产白色腌萝卜。学校的营养午餐或消费合作社等只采购无添加物的食品，所以……处理起来相当费神，因为杀菌、降低盐分后，味道不明显，这也是我们努力改进的重点。"

这间酱菜工厂也生产用盐分脱水的"东京腌萝卜"。

好像不管哪间厂商，都使用麦麸或压碎的玉米皮来取代米糠……

"我了解山川渍不用米糠的原因，只是这样一来，山川渍也算腌萝卜吗？"

"腌萝卜不能以使用米糠与否来区分喔。详细情形可以请教宇都宫大学的前田安彦教授……说到酱菜研究，他可是第一把交椅。"

我竟然不知此人，心里慌了起来。

这位一开始就最该见的人，竟然到现在才听说！

一回东京家里，丢下一堆山川渍，马上前往宇都宫大学农学院前田安彦教授的研究室。

虽然行前通过电话说明拜访缘由，但突然有个称不上是腌萝卜研究家的怪客到访，一定吓了他一大跳吧。

虽然为时已晚，还是请他针对包括腌萝卜在内的酱菜稍作说明。

"关于酱菜的历史，和其他食物一样，没有文献记载，只能根据古书推测。公元前三世纪，中国最早的字典里出现表示'盐藏品'的名词，证明当时已有酱菜了。之后的古书也出现过，但都没有记载制造方法。最早记录腌制法的是六世纪中期的《齐民要术》①，里面有针对酱菜所做的说明，如小松菜、芥菜、萝卜等的腌法都记载得很详细。另一方面，日本的记录是始自八世纪天平年间的《延喜式》②，仔细整理出各种腌制法。"

原来酱菜还有这段渊源，我自惭才疏学浅，一边录音，一边死命做笔记。

"文献里曾出现过以萝卜腌制的酱菜吗？"

"平安朝中期以后的鸟羽天皇时期，在藤原明衡的日记里曾出现'香疾③大根'，做法介于味噌渍和糟渍④之间，现在的做法也受到部分影响。萝卜加了味噌腌渍，看起来很像蒲烧鳗鱼的肌理，所以才叫作香疾。

"现在也把萝卜酱菜称为'香物'呢。根据古文献记载，'萝卜可以去除口中臭味。因有除臭之效而称香物'。另一种说法为'香物指味噌渍。因为味噌芬芳，以味噌腌渍之物即称香物'。"

"原来味噌腌萝卜是'香物'的起源啊！"

"自古以来萝卜就广受喜爱。在现今的饮食生活中，萝卜

---

① 《齐民要术》：中国北魏贾思勰著，是中国史上四大综合性农书的第一部。

② 《延喜式》：平安时代法典，共 50 卷，公元 905 年，醍醐天皇命藤原时平编纂，后由藤原忠平完成。

③ 香疾：蒲烧鳗鱼。据说是因为烤鳗的香味很快就扑鼻而来。疾指迅速。

④ 糟渍：以酒糟为基底腌渍鱼、肉、蔬菜。又称奈良渍。

也占了很高的比例，栽种面积七万公顷，采收的 270 万吨萝卜全进了我们的嘴里。排开薯类不计，萝卜位居蔬菜的第一名，和主食稻米的 1000 万吨相比，就知道它有多受欢迎了。"

我边听边冒冷汗。该调查的事情、该去的地方这么多，我却老是跑野马，最后一章才提及，真是狼狈。

还好"边走边啃腌萝卜"这标题救了我——在字典里，"啃"是指"咬坚硬物品的一端。也可形容对事物只有一知半解"……

"您去过山川吗？"

"嗯，我才刚从那里回来……"

我说了在山川采访的感想，请他确认一下。

"虽说是外行人，基本上您想的没错呢。"

听他这么说我稍微安心了。

"即使以三杯醋腌渍过，还是可以分辨得出地道与否吗？"我问。

"一分析马上就知道了。生萝卜富含天门冬胺酸（Asparagin）、麸酰胺（Glutamine）这两种胺基（Amido），晒干后会变少，脯氨酸（Proline）和 R 基胺基酸却增加了。晒得越干，脯氨酸的浓度越高，便可据此判定干燥程度。这种成分无法以人工合成。因此是不是用优质的山川渍切片加工、原料的良窳，全都一清二楚。"

致力于古法腌制的人听到这席话，应该很感欣慰吧。

"山川渍没有使用米糠，在分类上也算是腌萝卜吗？"

"以前腌萝卜的定义是'一定要用盐和米糠'，但现在，山川渍也正式归入腌萝卜之列了。我认为，腌萝卜应分成'干本渍''盐押本渍'以及'早渍'比较妥当。"

"那山川渍被列入干本渍这一项啰？"

"是的，因为以十分干燥的萝卜腌制而成……干本渍以爱知县的渥美腌萝卜、南九州岛的宫崎县以及鹿儿岛产的为代表；盐押本渍是以盐腌取代自然干燥，破坏细胞，软化萝卜，再做成本渍。东京腌萝卜就是这一类的代表。虽然有人也称它作'置渍'或'新渍'，但有些地区又习惯把'早渍'说成'新渍'，为免混淆，称为盐押本渍；早渍，正如其名，指挖起来的萝卜稍微腌过就食用，北海道、熊本、和歌山的腌渍品远近驰名。特征是味道清淡，因为低盐，需冷藏运送，不马上吃就容易坏掉。"

原来如此，腌萝卜的种类竟如此繁多。在名古屋看到的细长守口腌萝卜也是属于早渍。

关于分类虽然明白了，但对于米糠我还是有一点不太理解，虽然几度想作罢，最后还是忍不住：

"现在即使不用米糠，依旧可以叫作腌萝卜吗？"

"嗯，不需要拘泥于米糠。"

果然！我不禁一阵愕然。对一直拘泥于米糠的我来说，老师这句话真是致命的一击。

"那么，以前为什么要使用米糠呢？"

实在不服气！为什么！我满脸这样的表情。

"因为有黏性的米糠会附着萝卜表面，可隔绝氧气，防止氧化变色。之所以使用重石也是相同的道理，在取出腌萝卜后还必须小心摊平，尽量不留空隙，再把重石压回去。再者，米糠淀粉里的糖化物在发酵后会产生酒精，可增添腌萝卜的风味。

"还有，酒精浓度达到最高时，咸认是最美味的阶段。以前的人会考虑到何时食用，再据此增减盐和米糠的比例，相当有智慧。

"现在用桶腌渍，米糠还是有其效用，但量产的厂商会使用米糠或麦麸的实在少之又少。简单说，酒精的作用在于增添风味，于是更直接的做法是采用调味剂，在那里头加酒精，如此一来没有米糠也不成问题了。

"在家自制的腌萝卜是为了满足个人口味，喜欢就好。但我认为，包括食品卫生的规定，以及'有米糠才算腌萝卜'的定义，现在都该重新检视了。"

"这样啊。所以，光用盐腌的山川渍也算是腌萝卜啰。"

"山口县的'寒渍'也没有使用米糠。"

听着这些话，我突然想起一定要向某个人道歉。那就是《朝日新闻》出版部的 F 先生。我对 F 先生做了很失礼的事。《边走边啃腌萝卜》开始连载时，他曾说：

"比睿山有种名为'定心房'的腌萝卜……"

仔细一问，那种腌萝卜只用盐和稻草腌渍，没有米糠。

"若没用米糠，那就不列入采访对象呢。"

我很轻率就将它排除在外。F先生虽觉得可惜，还是告诉我替代选择，那就是高野山的腌萝卜。

真的是非常抱歉。

慎重起见，我再次向前田教授确认。

"比睿山的定心房也是腌萝卜吗？"

"当然。"

这下子可不得了。腌萝卜行脚原本该在九州岛最南端结束，现在非得走一趟宇都宫，上比睿山看看了。

我突然沉不住气。但好不容易才跟酱菜专家碰面，于是一度站起来又坐回去。如果就这样回去，实在太可惜，便继续向他请教几个我在意的问题。

"现在还有不少腌萝卜添加合成色素……"

"蔬菜用盐腌过，颜色会变难看，这是自然的道理，因为盐腌会破坏细胞膜，就无法保持天然的颜色了。

"首先要让消费者了解这件事。业者怕没人买，所以才上色。在这样的因果关系下，使用合成色素便无可避免。现在市售品都会限制合成色素的含量，比如腌萝卜使用的黄色四号是0.01%。但是近来的趋势是，即使很微量，消费者还是会很警觉，纷纷转向标榜无添加物的'健康食品'。但这些无添加的东西，许多虽然不使用合成色素，却加了天然色素喔。

"就食品卫生法而言，这样虽然算是'无添加物'，但取而代之的天然色素原料如栀子花、胭脂 [①]、焦糖等，为了达到同样的效果，却需要 0.5% 的量，意思是用量比合成色素高 30 至 50 倍。

"如果天然色素的安全性并没有比合成色素高上 30 到 50 倍，那就失去使用的意义了。关于合成色素的安全性大家已有认知，但天然色素却迟迟未有定论。

"因此我认为，从更宏观的角度来看，把天然色素当成免罪符并不正确。重点在于努力降低合成色素的使用量。总之，最重要的是，消费者必须从自己的健康状况出发，谨慎选择食品，这才是明智之道。从这个观点来看，白色腌萝卜或早渍等一概不使用色素的腌萝卜，今后应该会成为趋势吧。"

"那合成甘味料呢？"

"糖精是否有碍健康，目前尚无定论。每隔几年，美国就会传出'有毒性反应、暂时禁用'等说法，对砂糖价格是利多消息。关于这点，其实不能排除政治性的考虑。况且考虑到砂糖摄取过量的害处，糖精是否对人体全然不利，也就无法一概而论了。虽然糖精被当成减肥食品而受肯定，但毕竟有消费者存疑，抱持着回避的态度，那最好只在万不得已的情况下使用了。"

---

① 胭脂：Cochineal，用雌胭脂虫干制成的红色染料。

"所谓不得已是指？"

"腌生姜以及用桶子腌萝卜时。"

"事实上，我在采访时，曾有人说，'加了砂糖那一年，很容易变酸，当我小心翼翼改加糖精时，反而变得好吃，真是伤脑筋'，这有什么根据吗？"

"使用砂糖，萝卜会生出很多水，出水一多，萝卜跟着缩小。而且和以往不同的是，现在腌制时加的盐少了，砂糖一受乳酸菌攻击，就容易腐坏。"

"原来如此。所以人工甘味料也有其效用啰？"

"嗯，但是和刚才说的天然色素一样，都还有可议之处。除了砂糖以外，还有其他天然甘味料，如甜菊、甘草、索马甜[1] 等。即使拿来取代糖精，但人们对甜味的口味偏好、植物本身的气味、提炼方法、用量若没有进一步的研究，要全面取代有实际上的困难。"

"那么，我们对人工甘味料不必太过神经质啰？"

"不，我是说只限于不得不添加的情形。除了桶装腌渍之外，量产的袋装腌萝卜和三杯醋加工的山川渍等等，都应该全面改用砂糖。

"随着健康食品风潮兴起，标示'全糖'的食品也变多了。从某种观点来看，砂糖比合成甘味料、糖精来得健康，但摄取过多对牙齿、体重、糖尿病有不良影响，也有需要注意的地

---

[1] 索马甜：Thaumatin，提炼自一种非洲产的果实，可得出三千倍于蔗糖的甜度。常用于口香糖中。

方，希望大家清楚这点。其他食品亦然……"

"那合成防腐剂呢？"

"食品卫生法唯一许可的是山梨酸。使用标准依食品种类不同，腌萝卜每公斤最多使用一克。标准非常清楚，但关于分类，还有模糊地带。"

"您的意思是，食品卫生法对腌萝卜的分类和定义，与实际情况有落差？"

"没错。腌萝卜的分类当中并没有早渍和本渍。以前暂且不论，但现在腌萝卜非常多样，有些制品正好是跨类别。一旦归为早渍，就不能使用山梨酸。对业者来说，这是关系到生死存亡的问题，所以也是争议不断。"

"早渍为什么不能用山梨酸？"

"我问过厚生省，理由是需要长期保存的食品才许添加，但该如何分类判定，还有待商榷。例如煮豆子或红豆馅却允许添加，这不是很矛盾吗？似乎缺乏一贯的标准。"

"山梨酸对人体的害处是什么？"

"截至目前的报告显示，它对人体的危害很低。山梨酸算是效果较弱的合成防腐剂，不仅对乳酸菌没有抑制效果，有时初发菌数一多，反而变成滋养的温床。但针对霉菌和酵母的效果非常显著。因此山梨酸对食品安全有一定贡献，可避免因腐坏造成的食物中毒。但是，现在的消费者只相信'绝对安全的保证'，因此就算不违反食品卫生法，厂商也应该朝着不添加防腐剂的方向努力，这是有可能做到的……对于拥有一定技术的酱菜公司来说，以高温杀菌取代防腐剂并非难事。现在市面上已经有许多腌萝卜都采用这种制造方式了。不过，若硬性要求禁止添加防腐剂，势必会形成以大并小的局面，不到一百家公司的酱菜业界将陷入混乱……然而，利用加热杀菌来取代合成防腐剂是未来的趋势，也是必要的过程。"

"刚刚您提到天然防腐剂……"

"天然色素、天然甘味料的成分都很清楚，相形之下，目前天然防腐剂的成分尚不明确，因此无法讨论使用的得失，我认为应该等到成分明朗后再做讨论。至于酿造醋和冰醋酸，并不属于刚刚所提的天然防腐剂，这两者和山梨酸一样，都有长链的脂肪酸特质，可以防腐，应该广泛使用。特别是酿造醋，对健康非常有益，当然也完全无害。目前已有厂商在制造过程中加入酿造醋，抑制调味液腐坏，甚至用在低盐的梅干或腌梅子上效果也很好。"

"最近有不少口味较酸的袋装腌萝卜，感觉在四国地方尤其普及，这和地域性有关吗？"

"您是否察觉到，近畿、中国、九州岛等温暖地区，特别是四国地方，自古就认为酱菜应该带点酸味，代代相传下来，也就认定腌萝卜必须带着酸味了。因此出货到四国地方的酱菜，厂商一定会加强酸味。其他地方的人还不习惯酸酸的酱菜吧……"

原来如此。终于解开了我在四国察觉到的疑惑。

在各地都看到了梅醋腌萝卜，或许以后会普及日本吧……

与前田教授一席长谈，获得许多专业意见，为我这奇怪的《边走边啃腌萝卜》系列增添了知识的面向。我向他行了"最敬礼"之后步出研究室。

回程车上，我不断反刍着教授的话。

"消费者要懂得如何选择自己的食物。就算是白色腌萝卜，也不该白得像生萝卜。所以，即使用盐加工，失去它新鲜时的色泽，也要知道这就是自然的颜色。暗色的山川渍其实才天然。如果担心酱菜含了过多盐分，就该自我提醒，适量为宜，如此就不会吃进太多盐分了。希望大家能重新思考酱菜作为自然食品的功效。

"我们也会继续提出建言，帮助厂商不只顾着迎合消费者的口味、考虑利益，而能一起为'未来的酱菜'努力……"

一回到东京，我就打电话给 F 先生。

"对不起。定心房也算腌萝卜。应该从它开始的，它的历史比泽庵和尚的腌萝卜还久远呢。"

电话的那一端传来笑声。他没生气我就放心了。

"没有使用米糠也无所谓？"

"说到这个……不要再提米糠了！"

根据 F 先生的说法，比睿山或许没有定心房了。他要我去拜访他的朋友栢木宽照先生，他更清楚详情，还帮我约了时间。

"也许我们当小和尚时腌的定心房是最后一批……就食物本身来说，那不是现代人喜欢的滋味。总之，是山上和尚吃的朴素腌萝卜。

"比睿山麓有一首古歌谣，小孩们常常唱着：'山上的和尚吃什么过日子？涂酱油的烤豆皮，还有定心房。'的确如歌词所说的粗茶淡饭，修行也很严格。"

"怎么腌的呢？"

"桶的四周立起稻草，把底部折着铺好，放进萝卜干。撒盐，铺上切段的稻草，再放萝卜，如此反复进行，最后把立着的稻草折下来覆盖表面，再压上重石。不用米糠而用稻草。不对，应该说后人改用米糠取代稻草。应该算是腌萝卜的始祖吧。"

一听到"始祖"二字，就有种无视先祖、罪孽深重的感觉。为了谢罪，无论如何得走一趟比睿山！

虽然这么想，但因为太忙，一直找不到机会。眼看时间流逝，我越来越着急了。

某天，交往了20年的朋友Y，希望我在他的婚礼上担任介绍人。

"傻瓜！我不当介绍人，你又不是不知道！我当然祝福你们，但不要当介绍人啦。"

Y 却不为所动：

"我知道你一定会拒绝，但这不是普通的结婚仪式，有点特别，我想河童先生也许会……"

"你说有点特别是？"

"在比睿山的寺院，由阿阇梨主持①……"

"喂，你刚刚说比睿山？"

"没错，正确来说是比睿山麓，坚田的某所寺里……"

"就是那个阿阇梨？"

我吓一大跳，还怀疑是不是听错了。

一听到比睿山的阿阇梨，原则马上就摆一边了。

"我要去！不，我的意思是答应当介绍人。OK！"

这真是佛菩萨的指引。

我对 Y 说明了爽快答应的理由，但是交代他：

"不要对新娘的双亲说哟。他们一定会觉得动机不单纯。"

说着说着觉得自己真是个马马虎虎的家伙。

我巴巴望着 Y 婚礼那一天到来。前往比睿山的日期一决定，马上告诉 F 先生。

"我和栢木先生联络好了。届时请去坂本的'律院'，那边好像还有定心房。"

原来还能见到定心房。

---

① 阿阇梨：梵语 Crya，译文即导师。佛教的密教经典称传授者为阿阇梨。

我第一次参加佛前的结婚仪式。

"介绍人需要做什么事吗？"

Y去电询问阿阇梨光永师父，结果是，

"什么也不用，只要坐在那里就好了。而且师父主张人要自然活着，所以不用担心会让你做什么难事。他很有趣，河童先生一定跟他谈得来。就算告诉他是为了采访酱菜才顺便来当介绍人的，他也不会生气。"

听Y这么说，让我也想和这位师父碰个面了，好像可以很轻松自在。

所谓阿阇梨，只有完成"千日回峰行"修行的人才能有此称号。正如字面之意，一千天里，日日在山间行走30公里到84公里。84公里得不眠不休才能走完。走路的方式如野兽般快速，总距离相当于绕地球一圈。看过他们在夜里奔走山巅的人说，非常像白鹭飞翔。之所以会像白鹭，是因为修行时必须身穿白色寿衣。

不只千日回峰行，还进行其他令人敬畏的修行，例如在山上闭关12年，让意识进入几近模糊的境界，九天里"断食断水不眠不卧"，只维持最低的生存条件。

一般会认为能够通过如此考验、终成为阿阇梨的人，一定"很恐怖"。我也这么觉得。但是Y谈起这位师父，就像在聊自己亲哥哥似的。从他口中听来，似乎是位性情中人。

Y是富士电视台的美术设计，是个和佛门无缘的男人，但数年前的冬天突然上比睿山修行了两个星期。

平时嘻嘻哈哈的家伙，到底是以什么面貌去修行，实在难以想象，当时指导他的就是阿阇梨光永澄道师父。下山后，Y只说：

"比睿山真是好冷啊！"

朋友问他修行有什么收获？他的回答是：

"我没有长期修行的能耐。不管在哪里，只要好好活着就行了。"

我很高兴能和阿阇梨碰面，但是得先去看定心房……

我在婚礼举行的前一天，上了比睿山。

坂本的律院是个庭园很漂亮的寺院。栢木先生比我想象的年轻，生于昭和二十一年（1946）。

来了才知道，原来F先生以前也住在这里，他是福田大僧正的儿子。F先生从来不讲这些事，只知他是"寺里的小和尚"……这下子终于了解他何以如此博学，常与各界人士往来，还特别熟悉佛教界的原因了。

"您要找的定心房和现在的不太一样，不晓得是否有帮助，我有点担心……"

"是怎样的情形？请先让我瞧瞧。"

看到茶几上的盒子吓了一跳。包装非常精致，简直像工艺品。

想到这里面就是"腌萝卜的始祖"，我的心七上八下。

解开绳子，打开苇席外盒，里面有两根真空包装的定心

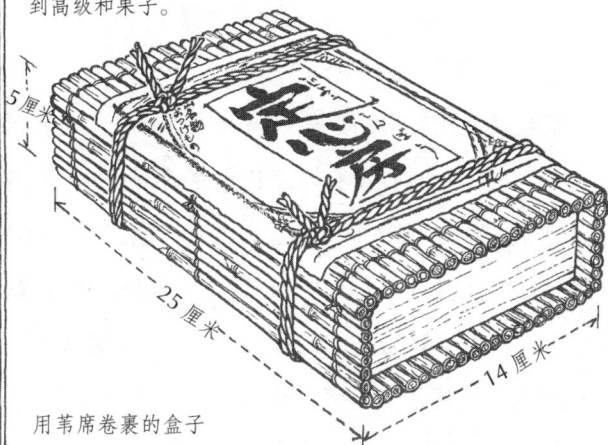

作为土产来说，这个包装的效果非常棒！但是里面装着朴实的酱菜，相形之下，包装似乎过于气派，好像一打开就会看到高级和果子。

定心房

包装让人一眼就感受到手工制作的质感。

5厘米

25厘米

14厘米

用苇席卷裹的盒子

房。品种是"老鼠萝卜"，个头小，色泽深，类似味噌腌渍的颜色。还连着叶子。一问之下，过去就是这模样！

赶快切来吃吃看。放进嘴里一咬，不禁"咦"了一声。

"这个有加米糠吧？"

我终于了解栢木先生所谓担心是什么意思。

定心房是元三大师良源在比睿山的横川建立的大师堂名称。据说他发明了这种腌萝卜，因此称为定心房。

元三大师是一千多年前平安时代的人。定心房是否由他开始制作，缺乏文献记载，无法断定真假，但定心房确实自古就有。使用盐和稻草腌制的历史应该比米糠更久远。

不是我爱挑剔，既然称为定心房，就不该添加米糠。

柏木先生也遗憾地说：

"我们也这么认为。先前也说好不使用米糠。"

"为什么会变成米糠腌萝卜呢？"

"我们不愿意眼见比睿山的定心房就此消失，便去征询酱菜商'谷口彦兵卫'，看看有没有可能让它复活。对方也说愿意试试，我们便传授自古流传的腌渍法，也允许他们使用定心房的名字。相对地，请他们顾及'定心房是深有缘由的酱菜，绝不能草率'，抱持着不计得失的态度制作，没想到却变成这样。不但没使用稻草，还加了米糠和辣椒。"

"什么时候开始想让它复活的？"

"十年前左右。"

"有没有去抗议说，这个不一样！"

"嗯，曾经喧闹一时……甚至下了最后通牒，'既然没照做，就把定心房的名号还来！'"

"使用米糠的理由是？"

"对方推脱说，不用米糠就没味道，为了卖得出去，没办法。就算要他们归还名称，也无法可据……"

柏木先生的愤懑溢于言表。好好的定心房变成这样，我也相当感叹。或许酱菜商很怕产品滞销，但是"谨遵古法制作"应该是有卖点的！

我从山脚下的坂本坐缆车上比睿山。乘客只有三人。

栢木先生向寺务所借了车子，当我的向导，前往探访与元三大师良源有渊源的横川。

4 月 11 日，山上却还飘着雪。

比睿山自古有"论湿寒贫"一说，意思是"忍耐湿气和寒苦，甘于清贫，精进佛法"。

"比睿山里的横川湿气尤其重，也格外严寒。定心房就是在这种环境下产生的酱菜。"

车子行驶在积雪的道路上，我望着车窗外的风景，一边想着山上僧侣的严格修行以及支撑他们肉体的粗茶淡饭。

我对定心房越来越念念不忘。告别栢木先生后，想不开的我直接跑去谷口彦兵卫商店。

他们的回答和栢木先生的说法一样，因为用稻草腌渍味道出不来，还有，稻草会让消费者误以为混入异物，并不是一开始就想用现在的腌法。

或许店家觉得我太鸡婆，但我把自己"边走边啃腌萝卜"的心得告诉他们，恳切拜托务必"恢复珍贵稀有的酱菜！"

可喜的是，谷口先生和我约定：

"好，那就再进一步研究，把生意考虑摆一旁，试着做出真正的'定心房'。"

应该明年就能开始贩卖了。

定心房之后是阿阇梨师父。

Y 举行婚礼的寺院名为觉性律庵，邻近以特种营业特殊浴场闻名的雄琴温泉。虽说邻近，但应该是位于看不见闪烁霓虹的寂静山里吧……

我很喜欢觉性律庵这名字。原本以为这是一所自古即有的寺院，结果了解到是在光永师父手中重建的。光永师父成为阿阇梨后，有一次在比睿山麓散步，迷路时发现这间废寺。这是昭和五十一年（1976）夏天的事。

他在破旧毁朽、草木丛生的佛堂发现一尊阿弥陀佛。调查后发现，昭和三年（1928）起这里就没有常住的住持，因过度荒废，差点就成为废寺。追溯历史才知道，创建年代是二百五十多年前的享保年间。

得知这些事，光永师父下定决心加以重整。

"今天师父应该也在工地现场指挥。"

谷口彦兵卫商店也使用这种老鼠萝卜

老鼠萝卜（光是萝卜本身体长约 13 厘米）

老鼠萝卜形如其名，长着一条尾巴，很有喜感。

连着叶子腌渍，总长约四十厘米。叶子切碎撒上芝麻即可食用

将竖着的稻草上端反折下来

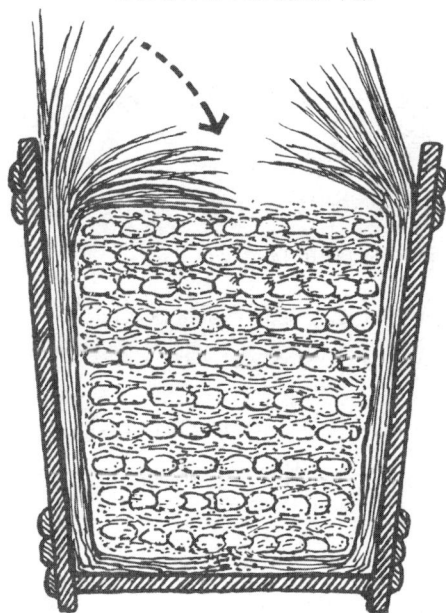

定心房古早腌制法

在四斗桶的内侧铺好直立的稻草，老鼠萝卜加入盐与切碎的稻草一起腌制。最后把突出来的稻草折入，覆盖表面，再放上重石，腌渍三年。

　　Y边开车边说。我们事先没约好，却在比睿山上相遇。这么巧合，双方都很惊讶。

　　他向新娘及岳父岳母介绍自己以前修行的地方。

　　Y说得没错，阿阇梨师父正在复原的阿弥陀堂前交代移植树木的工作。

　　"哎啊，这么大老远的，真是辛苦了。我来泡茶。"

　　师父就像Y先前所描述的，相当随和。

　　"虽然还有许多事要做，大体上都完成了。"

　　我因为工作之故，向来对建筑很感兴趣，于是在高低起伏的寺境内走动，依序欣赏接近完工的佛堂。

　　新建的明王堂简直像自古就矗立此地。仔细一看，发现它融合了奈良、室町、镰仓、江户各时代的风格。

　　"您真内行。这一栋是收集好几处寺院的旧建材盖成的。"

　　师父也精通于建筑和造园。

　　以茅草盖顶的是妙见堂。以江户时代寺院的废材建成的是洗心堂。Y举行结婚仪式的阿弥陀堂，则有南北朝时代的弯翘屋檐。

　　新娘和家人下山住进湖边饭店，Y和我与师父畅谈到深夜。

　　但师父完全不提千日回峰行的事。

　　"谁修行谁不修行，这没一定的。有人一身和尚打扮，却不是个和尚；也有人过着普通生活，却像个修行者。像你这样就可以算啦。"

"啊！我和佛教无缘……对佛经也一无所知。"

听师父这么一说，我有点慌。

师父的意思是，修行不在于行为，而在内心。

他虽然比我年轻五岁，感觉却像兄长。

"就算走访腌萝卜，只要继续往前行，就能进入'悟'的境界。从哪一个点进去都可以。"

我不晓得自己是抵达"悟的境界"，还是回归到出发点了……

"能这么想也是一种'悟'喔。"

师父这么说，我还是不懂。真有点悲哀。还有，我啃腌萝卜的方式是不是有所不足……想起来就不安。

师父送我一本他的书，书名是《做个普通人吧》（山手书房）。

我震了一下。原来如此，似乎有点领悟了。

他在扉页题词时，"对你来说，这句话应该很适合……"

他写了"行云流水"几个字。

"那明天就麻烦您了。晚安。"

告辞时已经超过一点。

我和新郎官一起住在大黑堂。

"你要跟着师父参加早上的修行吗？"

Y这么问了，我当然答道：

"一定啰，很难得的经验嘛。"

明天即将结婚的 Y，和即将结束腌萝卜行脚的我，很久没这样不谈及工作长聊了。聊着聊着，我不知不觉睡着了。

梦中听到了读经声，这时，

"河童先生！早课已经开始了！"

我被 Y 叫醒，人虽然醒了但还是很困，真难受。

急忙穿好衣服跑出去。天色微微亮了，师父们已经离开大黑堂，前往洗心堂。

我们追在后头。

"平常会敲钟，但为了不要吵到我们，今天没敲大黑堂的钟，诵经声好像也变小了……"

Y 小声说。

我们跟在师父后面逐堂礼拜。

"应该还有许多不可不访的腌萝卜。告诉我消息的各位和全日本的腌萝卜，对不起……一路上曾给我协助的人，谢谢你们。"

合掌。

和昨天不同，比睿山今天非常晴朗。

升起的太阳映照层层峰峦，光芒闪耀，刺醒了睡眠不足的双眼。

后 记

　　我喜欢和未知事物相遇的旅行，而且通常是自己一个人上路，这是因为家人朋友都不喜欢与我同行。就算我出声邀请，他们都装成没听见。我再问一次，这时候对方会很明确地大摇其手，随即逃之夭夭。理由是，"你只要遇到感兴趣的事物就擅自脱队，完全忘了同行的人"。

　　我确实有这种令人讨厌的习惯。而这次"边走边啃腌萝卜之旅"更是让人倍感凄凉，因为连采访助理也没有，都是一个人到处跑。从头陪到尾的只有自己的好奇心。

　　值得庆幸的是，多亏有各位读者，才不觉得是一个人的孤单旅行。请大家不要害怕，以后请继续和我一同旅行吧。还请多多指教。

　　　　　　　　　　　　　　　　　　　　妹尾河童

关于河童先生和腌萝卜

文／神津十月（作家）

我曾帮某杂志写过这样的连载——采访一些古怪的人，报道出来。

而妹尾河童先生就是"古怪的人"之一。

坦白说，我当时犯了个很大的失误。

河童先生说话太有趣了，我开心过头，完全忘了正在工作，最后才急急忙忙开始采访。就在这时候，我竟然问了这样的问题：

"河童是您的本名吗？"

河童先生原本和蔼可亲的神情突然一变。

"是，是本名啊。你不知道？很多地方都写了啊。这本书里头也提到呢。送给你吧！请仔细读一读。"

我不由得闭眼吐出"对不起！"三个字，清楚知道自己已经是满脸通红了。

好久以前，我的女星母亲高峰秀子曾告诉我一段往事。

有次她接受采访，记者一开口就问：

"请问高峰女士，您是哪一年出道的？"

一听到这样的问题，高峰女士便露出淡淡的微笑，用她独特的率直语调说了：

"要从这个开始谈的话呢，实在太冗长了。关于我的资料，您可以到贵公司的档案室找找，也许已经沾满尘埃，但相信一定可以找到一大堆。不好意思，我们另外找时间再谈。"

母亲在讲这段故事时告诉我：

"访问人家之前，一定要把最基本的事情掌握清楚，否则很失礼喔。"

当时我点着头说"是啊是啊"，自己却对河童先生做出完全相同的事。我虽然读了河童先生几本书，但看得不全。我自认这样就够了，结果却彻底失败。

因此在写这篇稿子之前，把河童先生的书全部读完了。

当时，我从河童先生坚决的态度中学到一件事，所谓采访，其实是相当严谨的工作。

此次改刊文库版之际，我重读了《边走边啃腌萝卜》，想起了那段不愿回首，却避不开的臭事。

河童先生不只是腌萝卜研究家，就连锁和钥匙、便当盒、饭店房间、厕所、水蚤都有所钻研。而且河童先生的厉害之处，在于不单是研究事物，还会将之作为开端，发展出一套文化论、民族论与人类观察。

例如在本书中，表面上他追着腌萝卜到处跑，但在各个篇章提到了公害、医疗、食品添加物以及现代社会的怪现象，也讨论到海外日本人的心情、长期跑船船员和病患的心理等等，细腻道出人心的点点滴滴。

为什么从腌萝卜可以讲出这么多……实在令我佩服不已。

而且，仔细读下去，原本以为河童先生是兴之所至追着腌萝卜跑，其实每次出发前，他都已经详加研究，充分调查，真是不简单。

（啊！其实都是做好周全准备才出发的。）

难怪那个蠢问题会惹恼河童先生……我渐渐有这种体会。

不断读着腌萝卜、腌萝卜、腌萝卜，我也想起了一件令人怀念的事。

小学时，我家的腌萝卜来自渥美郡田园町的吉胡。在一座小教堂工作的姨婆每次都送来她邻居自制的腌萝卜。

和餐馆配菜的黄色软萝卜不同，比较咸，有嚼劲，颜色则和黄色相去甚远。

我喜欢那种腌萝卜，连上了中学带便当，都拜托母亲在饭里放一些，结果引起轩然大波。

我们学校冬天会利用暖气保温便当。早上大家各自把便当放进铁丝网编成的方笼里，再放进指定的位置。到了中午，便当就加热完成，颇受好评。

某日，我把腌萝卜放进去，结果，不只我的便当，就连旁边的便当都有腌萝卜气味，造成很不愉快的印象。

充满腌萝卜味道的维也纳香肠、充满腌萝卜味道的煎蛋卷……那一天不管吃什么都带着腌萝卜的味道……

现在的我吃着漂亮又爽脆的黄色腌萝卜，一点都不觉得怪，但 20 年前那腌萝卜的气味突然在心中苏醒。

就像河童先生所说的，腌萝卜变了，日本人也变了。

我想起以前那种啃不断的腌萝卜。每次都是边做习题边啃着，真令人怀念。我想我也在时光的流逝中忘却了什么，改变了什么吧……想到这里，背脊不禁升起一阵凉意。

图书在版编目 (CIP) 数据

边走边啃腌萝卜 /（日）妹尾河童著；蔡明玲译 .-- 2 版 .-- 北京：生活·读书·新知三联书店，2016.5
（妹尾河童作品）

ISBN 978-7-108-05607-8

Ⅰ . ①边… Ⅱ . ①妹… ②蔡… Ⅲ . ①游记－作品集－日本－现代 Ⅳ . ① I313.65

中国版本图书馆 CIP 数据核字 (2015) 第 311952 号

责任编辑　樊燕华
装帧设计　朴　实　张　红
责任校对　张　睿
责任印制　崔华君
出版发行　生活·讀書·新知三联书店
　　　　　北京市东城区美术馆东街22号
邮　　编　100010
网　　址　www.sdxjpc.com
经　　销　新华书店
排版制作　北京红方众文科技咨询有限责任公司
印　　刷　河北鹏润印刷有限公司
版　　次　2011年4月北京第1版
　　　　　2016年5月北京第2版
　　　　　2016年5月北京第3次印刷
开　　本　889毫米×1194毫米　1/32　印张 9.75
字　　数　93千字　插图62幅
印　　数　22,001—32,000册
定　　价　33.00 元

（印装查询：010-64002715；邮购查询：010-84010542）